約會

謹以此詩持贈
每日傍晚
與我促膝密談的
橋墩

周夢蝶

總是他先我一步
到達
約會的地點
總是我的思念尚未成熟為語言
他已及時將我的語言
還原為他的思念
總是從「一泉從幾時冷起」聊起
總是從錦葵的徐徐轉向
一直聊到落日啣半規
稻香與蟲鳴齊耳
對面山腰叢樹間
嫋嫋
生起如篆的寒炊
約會的地點
到達

如果有一天我自殺，
那是因為倦於交媾。
周鼎句。民國九十九年七月二十日
夢蝶枯墨。

秋興之二　周夢蝶

涉過枯嶺街拐角，
柔柔涼涼的
不知從那兒飄來
一片落葉——輕輕
像誰的手掌，
打在我的肩上。

打在我的肩上
柔柔涼涼的
一片落葉
有三個誰的手掌那麼大的——
嗨！這不正是來自縹緲的仙山
你一直注想守望著的
那人的消息？

無所事事的日子。偶爾
（書櫥中也是久違數年前的事了）
涉過積雨的枯嶺街拐角
擦額頭，有三個整整的秋天那麼大的
一片落葉
打在我的肩上，說：
我是你的。我帶著我的生生世世來
為你遮雨……

雨是遮不住的，一般的渺遠——
秋天也像自己一
在積雨的日子。現在
他常常抱怨自己
抱怨自己千不該萬不該
在積雨的日子
涉過枯嶺街拐角
[redacted] 六十四年十一月十日

總是遲他一步——
以話尾為話頭
或此答或彼答或一時答
轉到會心不遠處
竟然與忘卻眼前的這一切
是租來的：
一粒松子租於七滴楓血！
高山流水欲聞此生能得幾回？
明日
我將重來；明日
不及待的明日

我將拈着話頭拈着我的未磨圓的詩句
重來。且飄顏：至少至少也要先他一步
到達
約會的地點

七十九年八月於淡水

明道大學國學論叢

我夢周公周公夢蝶

蕭蕭 著

〔序〕

周公拈花，蕭蕭微笑

曾進豐

周公夢蝶其人其詩其生活，固爲當代禪詩之典範與實踐，蕭蕭鑽研佛學義理，參悟話頭禪機，致力於詩禪之匯通與交流，亦不乏靜心默會、境悠意遠的體會與論述。就此而言，周公心頭一跳一熱，蕭蕭那端一感一應；周公心中有綠色，蕭蕭那端已是草色茵茵。於是夢與夢接軌，相通相應，乃鋪敘成近十萬字的《我夢周公周公夢蝶》。

蕭蕭解詩以佛禪爲中心，基督、道家及淵明隱逸等爲歧出之風景，共構出周夢蝶詩歌裡的浩瀚世界。全書由四篇論文組成，分從「佛禪理趣」、「道家美學」及「後現代」視角，宏觀周公之世情迷／悟、聖／凡掙扎、現代／後現代擺盪，以及浸潤宗教而流露出的從容生命美學。各篇既獨立卻又偶有融通交會處，如第一、二篇皆述及周公美學成就三階段，第四篇論及周詩發展略分三期，亦擷取第二、三篇大段文字。書中論述周公詩作，涵蓋《孤獨國》、《還魂草》以迄《有一種鳥或人》，並納入《風耳樓逸稿》，而不偏於某一詩集；同時，旁及《風耳樓墜簡》及《不負如來不負卿》等「非詩」文本。織廣掘深，博涉而無褊狹之失，謹嚴且見探勘之精微。

禪與詩，同樣重視凝神靜思，強調撥除語言、物象或符碼的束縛，力圖突破有限，超越現象界，追求自在自如的空靈境界。一、四兩篇，立基於佛學視域，觀照周夢蝶出世情懷，以及潛藏之禪喜禪悟。文章圍繞現代禪詩內涵、詩與宗教的分際，及周詩與歷代禪詩是否有相近頻率諸議題，展開論述。既審顧斑斑歷程，復揭示方法門徑，合而觀之，佛家美學旨趣庶幾了然。前文肇端於勾勒傳統「以禪入詩」、「以禪喻詩」的詩學體系與脈絡；後文獨標空音、相色、水月、鏡象，融通言外意、弦外音之詩禪「妙悟」，作爲礎石。前文拈出《六祖壇經》「二道相因」和禪宗「雲門三關」，衍釋爲「正、反」並陳思維模式和「正、反、合」推演次序；後文天心妙想，巧借「物、誤、悟」同音三字，工筆描繪行腳塵市、刊落紅塵的詩僧形象，再進一層地掘發寄寓佛理世理、鑑照禪理禪喜的完美禪境與詩境。

蕭蕭依據佛家不主故常，去除我執之觀點，認爲雲門三句（截斷眾流、隨波逐浪、涵蓋乾坤）乃循環性的存在，周流不息，可以順時而行，亦不妨逆時而進，徹底打破俗見——初關，由凡入聖↓重關，由聖返凡↓牢關，不墮凡聖——所拘泥的邏輯順序。此一嶄新見解，間接說明了禪學之活潑性，更因而推論周公天賦慧根，自性清靜，於創作初始，禪喜禪悟殆已胎孕其中。在談到周公如何成就禪思時，依傍陳仲義歸納出的「消解」悖論，雖頗表認同，卻再度援引六祖教示之問對法：「二道相因，生中道義。」「來去相因，成中道義。」認爲這種「無中間亦無兩邊」的「中道」義的生成，或許才是周公用來與佛心相印之根源。正因精確掌握本源濫觴，不僅不蹈襲陳說，甚且能予以「消解」。

引人矚目的〈後現代視境下的「蝶道」與「詩路」〉一文，尋繹轉變幻化的蝶道詩路，可謂別出心裁、另闢蹊徑。釐清周詩裡的蝴蝶如何從有形而無形，由具象而抽象，由「蘧蘧然周」而「栩栩然胡蝶」。蝴蝶既是個人象徵，更是詩的靈魂，它翩翩翔飛，連接虛實以至於無窮；這隻蝴蝶，本質上帶著古典的情愫，癡戀陽光的清亮與花的淒美，在現代主義的狂暴風雨中，斂翅入夢，復自覺地攀登孤峰頂上；棲止於後現代的蝴蝶，與天地萬物冥合，見聞撫觸無不溫暖和諧。至於其所對應的空間情境不一，在《孤獨國》裡，蝴蝶成爲「濕冷」空間最美的依靠；《還魂草》時期，虛擬一方寧靜——生、死的縫隙——蝴蝶反覆蛻變；《約會》以後的空間至大至小，它經常延伸於無限，有時又縮到極小極小；它是溫熱人世，又是圓滿心靈，蝴蝶自由穿越，來去無礙。

目前爲止，唯一深度解讀《有一種鳥或人》的論文，就是收錄於書中的第三篇。周公在跨入廿一世紀的同時，從矜持的哲學中解脫，放鬆心思、放鬆自己，也放鬆了語言，自有一種率眞之眞、從容之美，另有一種塵俗之樂、會心之喜。恰若老子從天道玄思，回歸「安居樂俗」、「聖人不積」的思路歷程，同時呈露莊子喪我物化，泯絕彼此是非，臻於齊物逍遙之瀟灑。高度肯定《有一種鳥或人》的殊異風姿與價值，在於它傳達了人與萬物的互文與借代，相互解憂、相互沉澱，在心靈深處獲得的靜定之安；是周公在佛理、禪悟之外，世情、溫馨之後，所形塑之道家美學。

周公並非單純地從釋家轉向道家，而是隱約溝通佛、道，消除原有界線，如主題詩〈有一種鳥或人〉，結合佛教「破我執」與莊子「喪我」說，第一段即「物化」的形象闡釋，第二段打破基督與佛祖的藩籬，更是廣義的「與物無礙，相與而化」的道家美學。文中還採用「水」、「渾」、「游」等三種水之形象（現在、過去與未來），作爲意象、意念和意境的表徵。水之意象，例舉〈情是何物？——莊子物語之一〉，化用〈大宗師〉相濡不如相忘之語，整篇以水爲喻，從情的領會，進入生死體悟。其次，解「渾」爲渾然一體，即「道」之「惚兮恍兮，其中有象」的渾沌狀態；釋「游」則上追屈原「遠游」原型，喻爲精神遠足，映照一種獨特的人生境界，並舉〈走總有到的時候——以顧昔處說等仄聲字爲韻詠蝸牛〉及〈賦格——乙酉二月二十八日黃昏偶過台北公園〉爲例，想像不管是刻意的「走到」，或是不經意的「偶過」，流浪可以理直氣壯，無止盡的天涯任由逍遙遨遊。

論詩話詩，能以全新視角觀看，始有上述拓荒性的發現。蕭蕭拈花微笑之喜，豁然開朗之悟，還表現在詩的點評上。如爲論證周公早得禪悟之實，以〈消息〉爲例，先指出「消息」不作「訊息」、「音信」解，而是出自〈泰卦〉、〈豐卦〉中「乾盈坤虛、生滅盛衰」之本義；接著又說詩以上帝始，以十字終，透過基督信仰、語彙，傳達佛禪思想，「自有一種現代禪詩所特有的禪境，遠非傳統禪詩在儒釋道三家中尋思所可比擬。」設若再予以引伸，消，盡也、滅也，不生也；息，生也、長也，不滅也，消息者暗示「不生不滅」。周公偈云：「當處出生，當處入滅。不離當處，而得解脫。」成壞不二，生滅同時，沒有迷惑煩惱，是爲解脫之道。又如談佛家「空」與「有」之辯證，引用南懷瑾講述《心經》時提到的「離四句」，即離「空」、離「有」、離「非空非有」、離「即空即有」，移之鑑評〈即事——水田鷺艷〉，謂小小一點「白」的蝴蝶，飛過滿目煙波搖曳的「綠」水田，空中有有，有中復空；始料未及是空，鷺艷卻是有，「此一往往復復的空與有，詩人只是舉目所見、即事而寫而已」，美已在其中，禪亦在其中。另外，分析〈沙發椅子——戲答拐仙高子飛兄問諸法皆空〉一詩，堪稱絕妙。詩人選擇「以無量恆河沙數恆沙之沙之名爲名／一發而不可收拾——」拆解「沙發」一詞，喻指「沙」是沙非沙，眾緣聚散離合，一「發」而不可收拾，一切唯心造，一旦起心動念便繽紛萬端。蕭蕭以爲假借無沙無發之「沙發」，點化「緣聚緣散」、「萬法皆空」之義諦，譬如亞歷山大武功彪炳，碧姬芭杜以美取勝，穆罕默德具德行智慧，三人或有高低淺深之差異，終歸是「法」、是「空」，是「沙發椅子」；無所謂嫵媚不嫵媚、偉大不偉大，都不過是一種（字的）組合、（緣的）聚合！見前人所未見，如此賞詩評詩，是眞知詩也。

如果宗教情感與精神，是周夢蝶詩的基音，那麼，時代環境及周邊因素，則是其詩之泛音，蕭蕭將他們有機地結合起來，進行探勘掘發，既考察了其詩風轉折的歷史背景，又詮解出詩作的多重意涵，從而掌握其生命本質的深刻性；再者，於眾所周知的佛禪美學之外，推而廣之，提出道家美學品格及後現代視境，系統地建構了周詩研究的廣泛維度，且在方法論上，提供了一種新的解讀、詮釋策略，深具啓迪性與開創性。周公嘗嘆曰：「解人難得，千古一喟。」周詩之虛實究竟，若細數眞正懂得的「解人」，蕭蕭絕對是那極少數者之一，而《我夢周公周公夢蝶》就是開啓周詩廣袤世界的金鎖鑰。有關周夢蝶之認識與研究，始終處於開放的未完成狀態，相信因由如此的聚合與詮解，將會開展出後續更多的可能性。

曾進豐

國立臺灣師範大學文學博士，高雄師範大學國文系副教授，編著有關周夢蝶之專書：《聽取如雷之靜寂——想見詩人周夢蝶》、《娑婆詩人周夢蝶》、《台灣詩人選集：周夢蝶集》、《周夢蝶詩文集》（三卷附《別錄》一冊）、《臺灣現當代作家研究資料彙編．周夢蝶》等。單篇論文：〈論周夢蝶詩的隱逸思想與孤獨情懷〉、〈隱情．忍情——周夢蝶〈無題〉詩十九首析論〉、〈「今之淵明」周夢蝶——一個思想淵源的考察〉、〈孤絕冷凝歸於淡雅眞醇——淺論周夢蝶詩風及其轉折〉等多篇。

目次

臺灣新詩的出世情懷

——從佛家美學看周夢蝶詩作的體悟

摘要

佛家以偈頌傳法，從東漢、魏晉、南北朝而至隋唐具有六百年歷史，此時期乃言理說教的有韻之文，欠缺辭采、聲籟、意境之美。至乎禪宗出現，詩與禪才有本質上的震盪，化學性的變化。唐宋兩朝詩與禪的結合緊密而無痕，禪成爲詩人日常的體驗、與生活方式，日日相隨而無覺，因此而有「以禪入詩」的創作系譜，也產生了「以禪喻詩」的詩論體系。臺灣現代詩時代以禪喻詩的歷史傳承，可由「二道相因」的思維激盪，與「雲門三關」的思維推演，獲得驗證，至於美學實踐，則以「無念、無相、無住」作爲論述綱領，而以現代詩句作爲體悟之證例。至於周夢蝶禪詩美學的體悟及其進階，則以「引佛語而寄佛理」、「苦世情而悟世理」、「窺禪機而見禪理」三階段來探討。本文最後以互文式的修辭「妙悟：禪的最高境界、詩的無限可能」作結，認爲「悟」是禪的最高境界、也是詩的最高境界；「悟」使詩有無限可能，也使禪有無限可能，因而提出一己之悟、一念之悟、一字之悟、一入之悟、一體之悟，說明周夢蝶禪詩的悟境。

關鍵詞

周夢蝶、佛家美學、入世出世、禪詩、雲門三關、妙悟

一　前言：禪與詩相互交涉，詩與禪相互感通

詩與佛教的關係，大約從佛經漢譯就已開始。佛經漢譯，可信的證據是東漢桓帝時安息國人安世高（生卒年不詳，大約二世紀）譯三十九部佛經，月支人支婁迦讖（大約東漢桓帝時僧侶）譯十四部佛經，啓其端倪（註一）。釋迦牟尼佛爲使佛法普及，因此，他以故事性的題材，類比性的譬喻，記誦性的偈頌，作爲說法的利器。故事性的題材是文學的內涵，類比性的譬喻是文學的技巧，記誦性的偈頌與傳統詩歌若合符契。漢譯佛經，有的以警句式的韻文作爲開頭，其後以散文鋪陳；有的先敘故事，再以偈頌讚美佛的功德；這些韻文、偈頌受到當時傳統詩的影響，大多譯成五言、七言的漢文，四句爲一偈，已有中國傳統詩的雛形。魏晉以後，聲律之說漸興，禪家與詩人、士大夫往來密切，他們所作的偈頌，平仄格律逐漸貼合近體詩的要求，禪與詩相互交涉，詩與禪相互感通，形成唐宋以後詩因禪而意境開闊、禪因詩而意象瑰麗的兩美景觀，最是令人讚嘆。

二　唐宋時代以詩明禪以禪入詩的歷史背景

詩道與禪道的融匯基礎，就站立在詩與禪共通的兩大本質：詩與禪是統合感性、知性並超越感性、知性的心靈產物，詩與禪是藉由語言意象而又超越語言意象的神會境界。（註二）其發

展過程約略可分為三個階程：以詩明禪，以禪入詩，以禪喻詩。唐宋絕律時代三個階程的發展十分明顯，臺灣現代詩時代則只有少數詩人稍有探涉「以禪入詩，以禪喻詩」的可能，其中以周夢蝶（一九二一—）表現「出世情懷」為大家。茲分述如次：

（一）以詩明禪：詩為禪客添花錦

佛家以偈頌傳法，從東漢、魏晉、南北朝而至隋唐也有六百年的歷史，這六百年間的偈頌，大體上只能說是言理說教的有韻之文，便於背誦而已，談不上詩的辭采之美、聲籟之美、意境之美。一直到禪宗出現，詩與禪有了本質上的震盪，化學性的變化，張伯偉（一九五九—）說：「禪宗成立以後，釋家固有的偈頌體在形式和內容方面均出現了一些新特色。早期的偈頌，其內容主要是對佛的功德的頌讚，或是對佛教義理的敷演，而禪門偈頌，則或為接引學人，或為悟道證體；早期偈頌理過其辭，質木無文，而禪門偈頌則往往蘊含禪趣，頗有詩意。禪宗以為自性是不可說的，但有時又不得不說，遂往往以形象語狀之，強調『活句』，崇尚『別趣』，追求『言外之意』。因此，其偈頌也就往往與詩相通。」（註三）杜松柏比較「教下之偈頌」與「禪人之偈頌」，也有這樣的結論：「教下之偈頌」近於押韻之文，重推理，多直說；「禪人之偈頌」近詩，重直觀，多用比興。（註四）杜松柏將這種「以詩寓禪」的作品分為示法詩、開悟詩、頌古詩、禪機詩四類；（註五）李淼則稱這種詩為「禪師禪詩」，分為示法詩、開悟詩、頌古詩、啓導詩四類，歸納這類「禪師禪詩」的藝術表現特色爲五：一、巧比妙喻，含蓄蘊藉；二、象徵幽渺，冥漠恍惚；三、荒誕變形，玄妙詭譎；四、騰越跳跨，鑿空斷跡；五、自然天成，彈丸流轉。（註六）頗能掌握禪詩的特殊韻味。

此類禪師所作之禪詩，是爲了以詩明禪，數量相當龐大，茲引數首名詩以爲例證：

身是菩提樹，心如明鏡臺；
時時勤拂拭，莫使惹塵埃。（神秀示法詩）

菩提本無樹，明鏡亦非臺；
本來無一物，何處惹塵埃？（惠能示法詩）

擁毳對花叢，由來趣不同。
髮從今日白，花是去年紅。
艷冶隨朝露，馨香逐晚風。
何須待零落，然後始成空。（法眼文益示法詩）

家在閩山東復東，其中歲歲有花紅；
而今再到花紅處，花在舊時紅處紅。

家在閩山西復西，其中歲歲有鶯啼；
而今再到鶯啼處，鶯在舊時啼處啼。（懷濬示法詩）

千尺絲綸直下垂，一波才動萬波隨；
夜盡水寒魚不食，滿船空載月明歸。（船子德誠開悟詩）

這些詩篇大都收在《景德傳燈錄》、《五燈會元》等書。以詩明禪的禪家之詩，正是元好問（一一九〇－一二五七）「詩爲禪客添花錦，禪是詩人切玉刀」（註七）之前一句之意，後一句說的則是詩家之詩。這些禪家之詩，創作之初原是爲了示法、開悟、頌古、啓導，不一定重視聲律之協、意象之美，解說禪詩的人也會在禪的開悟上大作文章，如懷濬〈示法詩〉（或作〈上歸州刺史代通狀〉）：「家在閩山西復西，其中歲歲有鶯啼，如今再到鶯啼處，鶯在舊時啼處啼。」「家在閩山東復東，其中歲歲有花紅，而今再到花紅處，花在舊時紅處紅。」杜松柏的解說，認爲：「東」喻「有」，「西」喻「空」；

「花紅」喻「色界」或「妙有」，「鶯啼」喻無形跡、無色相之「眞空」，第一首詩是說，起初在現象中知有「妙有」而未能悟入，悟入之後則「妙有」確在現象界中，所以「花在舊時紅處紅」；第二首以鶯啼之無形跡、無色相而知有「眞空」，因而悟入「眞空」境界。（註八）不過，純就詩的欣賞而言，「東復東」是說「東之東復有東，之東復有東」，是無盡的空間之延展，一如現代詩人林亨泰（一九二四—）的〈風景之二〉：「防風林　的／外邊　還有／防風林　的／外邊　還有／防風林　的／外邊　還有／」展示無盡的防風林空間。第一首「東復東」有「花紅」，第二首「西復西」有「鶯啼」，這樣的安排原是爲了協韻的效果：「東」與「紅」，「西」與「啼」；至於「花紅」、「鶯啼」依次出現，則是爲了讓詩意有色、有聲，有視覺之美，復有聽覺之美；否則，依杜松柏的解說，「花紅」喻「妙有」，「鶯啼」喻「眞空」，那麼，有在有之中，空在空之中，有與空，無所交涉，不能算是眞正的悟道，如何開示他人？其次，兩首詩同中有異，異中有同，除了前面所說「聲色兼備」的效果之外，其實，兩首之間還有「互文」的作用，「東復東」不僅有「花紅」，也該有「鶯啼」，「西復西」不僅有「鶯啼」，也該有「花紅」，如是，不管「東復東」、「西復西」都有「花紅」、有「鶯啼」，「花在舊時紅處紅」、「鶯在舊時啼處啼」，佛性是這樣堅定而無所不在，一如春意是這樣樣活潑而無所不在，聲聲色色充滿春意，也充滿佛性。拋卻禪語的對照，純粹就詩論詩，即使不一定貼近原來的禪境，也不一定遠離禪悟的可能。

後人如此體會禪家禪詩，當然就可能創作出詩家禪詩。最主要的，受到禪學大興的影響，詩人與禪家往來頻繁，詩家「以禪入詩」的作品在唐宋禪學昌行的七百年間，為詩注入新的源頭活水。

(二) 以禪入詩：禪是詩人切玉刀

唐宋詩人幾乎沒有不與禪師往來者，即使是反對佛學最力的韓愈（七六八－八二四）與歐陽脩（一〇〇七－一〇七二），也有方外之交：韓愈與大顛禪師相知甚稔，歐陽脩與惟儼禪師詩文酬贈。更不用提撰〈唐玉泉寺大通禪師碑〉的張說（六六七－七三〇），撰〈大鑒禪師碑〉的柳宗元（七七三－八一九），撰〈復性論〉的李翱（七七四－八三六），撰《景德傳燈錄》的楊億（九七四－一〇二〇）。因此，也可以說，唐宋詩人幾乎沒有不寫禪詩的，其中佼佼者當推盛唐的王維（六九二－七六一）、北宋的蘇軾（一〇三七－一一〇一）。追索詩人與禪師交往的緣由，大約不出下列三種因緣：一是天時，佛教傳入中土，雖然早在東漢、魏晉南北朝，但與儒家文明相交揉，則是禪宗大盛之時，禪宗南北二祖神秀（六〇六－七〇六）與惠能（六三八－七一三）圓寂於中唐中宗、玄宗時，如是，禪與詩最發達的時代正是唐宋二朝，天作之合，豈容錯失？二是地利，山林泉石的優雅環境易於讓人靈犀相通，詩人喜歡徜徉在林泉之間，山寺往往建造在深山裡，地利之便讓詩人與禪師可以心領神會，意興遄飛。三是人和，消極而言，被貶謫的詩人需要超脫於權勢之外、名利之外的禪師的開示；積極而言，詩人的善感，禪師的機鋒，可以激迸出智慧的火花，詩禪的理趣。以禪入詩，幾乎是唐宋詩人的共同嘗試，內心中不能不發出來的聲音。

以盛唐王維爲例，王維是頗精禪理的當代詩匠，後人稱之爲「詩佛」，王維的母親崔氏曾師事北禪大照禪師普寂三十多年，「褐衣素食，持戒安禪，樂住山林，志求寂靜。」（註九）大照禪師普寂是「時時勤拂拭，莫使惹塵埃」的神秀弟子，是繼神秀之後統其法眾的北禪領袖，王維及其弟弟王縉（七〇〇－七八一）都因母親的影響，學於大照；不過，王維「俯伏受教」的禪師卻是南禪道光禪師「密授頓教，得解脫知見」，其間長達十年（註十）。這是王維生命史上最重要的兩位禪師，一北一南，使王維在北禪、南禪的修習上有所精進。此外，王維曾往來的禪師，見之於詩文的還有北宗的義福、淨覺、慧澄、道璿、原崇；南宗的神會、瑗上人、燕子龕等禪師（註十一）；這樣的遇合雖不見得如楊文雄（一九四七－）所言「王維出入南北兩宗，似有綰合兩宗的企圖」（註十二），但卻是王維開放心靈，交結禪師，廣泛閱讀佛典的機緣。《舊唐書王維傳》：「維弟兄俱奉佛，居常蔬食，不茹葷血，晚年長齋，不衣文綵。在京日飯十數名僧，以玄談爲樂。齋中無所有，惟茶鐺、藥臼、經案、繩床而已。退朝之後，焚香獨坐，以禪誦爲事。」以禪誦爲事，以玄談爲樂，淡遠閒靜的生活方式，造就了王維的禪與詩。

明朝胡應麟（一五五一－一六〇二）《詩藪》內篇下：「右丞卻入禪宗，如：人閒桂花落，夜靜春山空，月出驚山鳥，時鳴春澗中。木末芙蓉花，山中發紅萼，澗戶寂無人，紛紛開且落。讀之身世兩忘，萬念俱寂，不謂聲律之中，有此妙詮。」（註十三）清朝王士禎（一六三四－一七一一）《帶經堂詩話》亦云：「嚴滄浪以禪喻詩，余深契其說，而五言尤爲近之，如王裴輞川絕句，字字入禪。他如：雨中山果落，燈下草蟲鳴；明月松間照，清泉石上流。……妙諦微言，與世尊拈花，迦葉微笑，等無差別。通其解者，可語上乘。」（註十四）都對王維詩思與禪思結合的作品給予極高的評價。韓國學者柳晟俊《王維研究》（註十五）書中曾統計王維詩集「空」字使用的頻率，高達九十四次之多，以下引錄數句有「空」字的詩句，見其詩與禪結合之美：

人閒桂花落，夜靜春山空。（〈鳥鳴澗〉）
空山不見人，但聞人語響。（〈鹿柴〉）
自顧無長策，空知返舊林。（〈酬張少府〉）
空山新雨後，天氣晚來秋。（〈山居秋暝〉）
薄暮空潭曲，安禪制毒龍。（〈過香積寺〉）
獨坐悲雙鬢，空堂欲二更。（〈秋夜獨坐〉）

了自不相顧，臨堂空復情。（〈待儲光義不至〉）
興來每獨往，勝事空自知。（〈終南別業〉）
峽裡誰知有人事，世中遙望空雲山。（〈桃源行〉）

王維的禪詩蕭散清逸，澄敻閒淡，論述者已多，空寂之美最爲識者所欣賞，是唐朝以禪入詩的代表人物。王維之外，好道的李白（七〇一－七六二），後人雖以「詩仙」、「詩俠」稱之，其實也有習禪的經驗，他的〈同族侄評事黯游昌禪師山池二首〉之一：「遠公愛康樂，爲我開禪關。蕭然松石下，何異清涼山。花將色不染，水與心俱閑。一坐度小劫，觀空天地間。」（註十六）就是詩心禪心相契相合的作品。其中「蕭然松石下」頗有王維「深林人不知，明月來相照」人與自然和諧同存，不相干擾的情境；「水與心俱閑」則人與自然深深相契，泯然合一；「一坐度小劫，觀空天地間」可見李白常以禪坐敉平心中的不安，期望能從「有」（天地之間）領悟到「空」。

李白之外，晚唐唯美派的杜牧（八〇三－八五二），有詩〈題揚州禪智寺〉：「雨過一蟬噪，飄蕭松桂秋。青苔滿階砌，白鳥故遲留。暮靄生深樹，斜陽下小樓。誰知竹西路，歌吹是揚州。」（註十七）寫出飄蕭的幽冷秋意，孤寂的黃昏心境。「青」「白」二色截然不同於「霜葉紅於二月花」的「楓林晚」；淒清的心意也與「贏得青樓薄倖名」的「揚州夢」判若霄壤。

或許就因爲過禪寺、題禪寺，心中自然萌禪境、生禪意，類似這樣的詩題、詩篇，唐人之作甚多，連唯美派的杜牧都不能免，可見以禪入詩，詩中有禪，其風甚盛。杜牧另有一首七律名作〈題宣州開元寺水閣〉：「六朝文物草連空，天淡雲閒古今同。鳥去鳥來山色裡，人歌人哭水聲中。深秋簾幕千家雨，落日樓臺一笛風。惆悵無因見范蠡，參差煙樹五湖東。」（註十八）此詩將歷史的變遷、人事的滄桑，化入廣漠無比的山色水聲中，超乎物外的澹然態度，直入天地的飛馳神思，在詩中不著痕跡而隨處可遇，禪心與詩心冥然合一，孫昌武（一九三七－）的《詩與禪》書中舉此詩用以證明「當時的文人中，禪已化爲一種體驗，一種感情，擴散到人們的意識深處。」（註十九）

三　現代詩時代以禪喻詩的歷史傳承

唐宋兩朝詩與禪的結合可以說是緊密而無痕，禪是一種體驗，一種生活，日日相隨而無覺。因此，詩與禪的關係，除了創作上「以禪入詩」的普遍性之外，評論上也產生了「以禪喻詩」的詩論體系。臺灣現代詩時代禪家之詩未見流傳，出家人未曾以現代詩形式顯示他們的悟境，因此，討論現代詩與佛家（禪宗）美學的互涉時，我們將分兩節加以處理，第三節討論「現代詩時代以禪喻詩的歷史傳承」，第四節討論「現代詩時代以禪入詩的美學實踐」。

「以禪喻詩」的詩論體系，大體而言可以分爲兩大系統，一是方法論：參禪與學詩，藉技巧而互惠；二是境界說：禪境與詩境，因會悟而感通。

此節先談形而下的詩法，至於「妙悟」的禪境與詩境則放在最後一節作為結語。

（一）「二道相因」的思維激盪

《大正藏》：「昔世尊在靈山會上，拈花示眾，眾皆默然，時唯迦葉尊者破顏微笑。世尊曰：吾有正法眼藏，涅槃妙心，實相無相，微妙法門，不立文字，教外別傳，如今付與摩訶迦葉。」（註二十）自是，離語言相，離文字相，成為禪宗本質，唯恐落入語言或文字的死角，死於句下。但參禪學佛，吟詩寫詩，又不能不使用語言思考、不能不使用文字書寫，因此常要正說、反說兼陳，或者在言說之後忽而繼之以棒打、忽而繼之以叱喝，就是要人能有自己的想法，認得自己的白性，所以，《六祖壇經．付囑品》：「說一切法，莫離自性。忽有人問汝法，出語盡雙，皆取對法，來去相因。」又云：「忽有人問汝義，問有將無對，問無將有對，問凡以聖對，問聖以凡對。二道相因，生中道義。」（註二一）也就是在「有」與「無」，「聖」與「凡」之間來往探索，因而領悟道，領會詩。

現代詩人管管（管運龍，一九二九－）的詩〈春天像你你像煙煙像吾吾像春天〉（註二二）：

春天像你你像梨花梨花像杏花杏花像桃花桃花像你的臉臉像胭脂胭脂像大地大地像天空

天空像你的眼眼像河河像你的歌歌像楊柳楊柳像你的手手像風風像雲雲像你的髮髮像飛花飛花像燕子燕子像你你像雲雀雲雀像風箏風箏像你你像霧霧像煙煙像吾吾像你你像春天

春天像秦瓊宋江成吉思汗楚霸王
秦瓊宋江林黛玉秦始皇像
「花非花
霧非霧」

這首詩就是在不相屬的萬物之間，居然一物像一物，串聯而下，正當我們眞以爲世間萬物渾然一相時，詩人卻又大喝一聲：「花非花／霧非霧」，連花都不是花，霧也不是霧，梨花如何像杏花，杏花如何像桃花？若是，在「像」與「不像」間，讀者被逼得無處可去，詩之悟是否就在這時恍然而得？《六祖壇經．行由品》所說：「佛言：善根有二，一者常，二者無常，佛性非常非無常，是故不斷，名爲不二。一者善，二者不善，佛性非善非不善，是名不二。」（註二三）佛性非常非無常，也不在常與無常之間，佛性非善非不善，也不在善與不善之間。果如是，詩，非像，亦非不像，亦非非不像，妙解就在：不在此岸，不在彼岸，也不在中間。

余光中（一九二八－）有詩二題：〈松下有人〉、〈松卜無人〉（註二四），有人時，一聲長嘯吐出去，卻被對山的石壁隱隱反彈了過來；無人時，巧舌的分心術左耳進右耳出，啾啾要停已無處，一群雀飛噪而來，穿我的透明飛噪而去。有人？無人？有其事？無其事？只在此山中，就在雲深處，不確定的山雲深處。余光中此詩之意不在分辨境界之高下，旨在呈現兩種可能的釋家情境，任讀者雲遊其中而無需駐留，無需判定，也無需選擇。但因爲「有人」「無人」的提示卻又開啓了詩家情境的無限可能。

以《六祖壇經．頓漸品》兩首偈語作比較，更可以見出「二道相因」的思維激盪。有僧舉臥輪禪師的偈語「臥輪有伎倆，能斷百思想；對境心不起，菩提日日長。」請示惠能，惠能說：「此偈未明心地，若依而行之，是加繫縛。」因示另一偈，曰：「惠能沒伎倆，不斷百思想；對境心數起，菩提作麼（這麼）長。」兩首偈語的不同就在「能斷」與「不斷」百思想，到底斷或不斷，其實亦無定解，惠能認爲「菩提本無樹」，所以菩提作麼（這麼）長？「本來無一物」，所以不用斷百思想。丁福保（一八七四－一九五二）箋註本引蓮池大師之言曰：「大師此偈，藥臥輪能斷思想之病也，爾未有是病，妄服是藥，是藥反成病。」初習者如果一開始即不斷百思想，以爲縱心任身可以一切無礙，結果當然是心中雜草叢生；但，修習至某一階段，仍然是「斷百思想」，恐怕是枯淡無味，寸草不生，亦非悟者。丁福保箋註本又謂：「曹溪之不斷百思想，明鏡之不斷萬象也；今人之不斷百思想，素縑之不斷五采也。曹溪之對境心數起，空谷之遇呼而聲起也；今人之對境心數起，枯木之遇火而煙起也。」（註二五）曹溪之不斷百思想，就像明鏡可以映照萬象，象一離鏡，鏡又恢復潔瑩空明；今人如果不斷百思想，就像織素縑卻雜入五采，既非素縑，亦非采縑。曹溪對境心起，就像空谷回音那樣自然，今人對境心起，卻像枯木遇火，焚毀自身。斷乎？不斷乎？激盪禪意；頗似莊子材乎？不材乎？拿捏著實不易。

現代詩方法論之書以白靈（莊祖煌，一九五一－）《一首詩的誕生》爲最完善，書中最主要的論點出現在該書第八十四頁「虛實二十法」，他歸結出一個寫詩最廣泛的方法，只有八字：「虛則實之，實則虛之」，引申而言，則是：「意則象之，象則意之；情則景之，景則情之；小則大之，大則小之；此覺則彼覺之，彼覺則此覺之；遠則近之，近則遠之；動則靜之，靜則動之；主動則被動之，被動則主動之；多則少之，少則多之；正則反之，反則正之；密則疏之，疏則密之；緩則急之，急則緩之；簡單則複雜之，複雜則簡單之；雜則序之，序則雜之；……所謂詩就介在上述這種種的虛實不定中，或者也可以說，當由經驗抽離而達到一適當的美感距離時，詩就站在那裡。」（註二六）虛／實，情／景，動／靜，疏／密，緩／急，雜／序，都是二元相對，卻又相互助成；「虛則實之」時，詩人的心意是游移在二者之間不定的某一處，讀者讀詩時，以自己的生活經驗在尋找他以爲最洽適的那一處，甚至於越出二者之外，另創了一個詩的世界。白靈的詩觀或許承續了這種統合感性、知性並超越感性、知性，藉由語言意象而又超越語言意象的詩學主流。

（二）「雲門三關」的思維推演

二道相因的思維方式可以視爲「正」與「反」並陳，則「雲門三關」的推演程序就是「正」、「反」、「合」。

吉州青原惟信禪師有名的一段話：「老僧三十年前未參禪時，見山是山，見水是水；及至後來親見知識，有個入處，見山不是山，見水不是水；而今得個休歇處，依前見山只是山，見水只是水。」（註二七）如此有所見，有所破，有所立，正是「正」、「反」、「合」最簡易的說明。杜松柏《禪學與唐宋詩學》又引《五燈會元》卷六的故事，說明禪人有三關，有三般見解：「昔有一老僧住庵，於門上書心字，於窗上書心字，於壁上書心字。法眼云：門上但書門字，窗上但書窗字，壁上但書壁字。玄覺云：門上不要書門字，窗上不要書窗字，壁上不要書壁字。何故？字義炳然。」這三般見解其實不只是三個見解，而是三個進階：一見、一破，再破。再破時又恢復了見門只是門、見窗只是窗的原本面貌。

東坡跋李端叔（一〇三八－一一一七）詩卷云：「暫借好詩消永夜，每逢佳處輒參禪。」（註二八）東坡認爲好詩可以參禪，參禪之法可以用之於詩的欣賞與寫作，自此之後，以詩論詩，以參禪之法論作詩之法，成爲宋朝詩話常出現的話題。宋．魏慶之《詩人玉屑》卷六〈命意．意脈貫通〉條：「打起黃鶯兒，莫叫枝上啼，幾回驚妾夢，不得到遼西。此唐人詩也。人問詩法於韓公子蒼，子蒼令參此詩以爲法。」(註二九)這是以參禪之法去參詩而學得古人寫詩之法，眞正提出以參禪之法學詩，而且如東坡以詩論詩者有吳思道、龔聖任、趙章泉三人(註三十)，茲錄吳思道〈學詩〉三首如下：

吳思道〈學詩〉

學詩渾似學參禪，竹榻蒲團不計年，
直待自家都了得，等閒拈出便超然。

學詩渾似學參禪，頭上安頭不足傳，
跳出少陵窠臼外，丈夫志氣本衝天。

學詩渾似學參禪，自古圓成有幾聯，
春草池塘一句子，驚天動地至今傳。

杜松柏《禪學與唐宋詩學》與張伯偉《禪與詩學》都認為這樣的三首詩應該是不可分割的，是相互連貫的，甚至於是「正」、「反」、「合」的思維推演。杜松柏論吳思道〈學詩〉第二首，提及「訶佛罵祖，掃除偶像」之語，正是「反」之意（註三一）。張伯偉論吳思道〈學詩〉第二首，以為「詩家步趨因襲，其弊在於為前人牢籠，此略似禪家所謂之有境，故須一筆掃盡，以空境加以補救。但若一意孤行，言必己出，而視前人為土苴，又不免成為新的有境。從學詩來說，則又成為進一步提高的障礙。……故亦須破之。」（註三二）所以，吳思道第一首為「正」：參禪、學詩，必須經年累月積學，以待發現自性。第二首為「反」：訶佛罵祖，掃有成空。第三首為「合」：自自然然創作出如「池塘生春草，園柳變鳴禽」不假繩削、無所用意的詩句。〈學詩〉之詩，三首一體，能破能立，「反」而能返於正，都是禪悟、寫詩的途徑，有著相類似的進程。

北宋葉夢得（一〇七七－一一四八）的《石林詩話》曾引《天人眼目》卷二〈三句〉所載：「涵蓋乾坤句、截斷眾流句、隨波逐浪句」，作為論詩的依據。其言曰：「禪宗論雲門有三種語：其一為隨波逐浪句，謂隨物應機，不主故常；其二為截斷眾流句，謂超出言外，非情識所到；其三為涵蓋乾坤句，謂泯然皆契，無間可伺。其深淺以是為序。」（註三三）其後他又說：「老杜詩亦有此三種語，但先後不同。」當其舉例時，先涵蓋乾坤句，次隨波逐浪句，後截斷眾流句。此「雲門三句」的順序如何為當，各家說法不一，茲列表如下，以供參考：

《天人眼目》：涵蓋乾坤句／截斷眾流句／隨波逐浪句（雲門）

《石林詩話》：隨波逐浪句／截斷眾流句／涵蓋乾坤句（雲門）

《石林詩話》：涵蓋乾坤句／隨波逐浪句／截斷眾流句（杜詩）

智才禪師：截斷眾流句／隨波逐浪句／涵蓋乾坤句（《五燈會元》卷十二）

西禪欽禪師：涵蓋乾坤句／截斷眾流句／隨波逐浪句（《五燈會元》卷十五）

元妙禪師：截斷眾流句／涵蓋乾坤句／隨波逐浪句（《五燈會元》卷十六）

張伯偉《禪與詩學》在〈禪學與詩話〉中專文討論葉夢得《石林詩話》，其結論是：「根據禪宗三關的一般次序，這三句似應以截斷眾流（初關，由凡入聖）、隨波逐浪（重關，由聖返凡）、涵蓋乾坤（牢關，不墮凡聖）爲序。」（註二四）我則以爲根據佛家不主故常，去除我執的觀點，「正」、「反」、「合」的邏輯思維，以「合」爲「正」時，「反」則立即出現；因此，雲門三句是循環性的存在，周流不息，可以順時鐘方向行進，也不妨逆時鐘而行。

現代詩的思維方式也有相同的軌跡，如洛夫（莫洛夫，一九二八－）〈絕句十三帖——第一帖〉（註二五）：

玫瑰枯萎時才想起被捧著的日子

落葉則習慣在火中沉思

可以用「正」、「反」、「合」去理清詩人的思維，「玫瑰枯萎」爲正，「被捧著的日子」爲反，則「落葉習慣在火中沉思」爲合。如以雲門三句來說詩，「玫瑰枯萎」可以視之爲截斷眾流，生命遽然逝世；「枯萎時才想起被捧著的日子」則爲涵蓋乾坤，眾生無不如此；「落葉則習慣在火中沉思」卻是隨波逐浪，個別的生命有著個別的命運，玫瑰以逐漸枯萎結束生命，落葉則爲火所焚毀。或者換另一種說法：「玫瑰枯萎」，生命遽然逝世，可以視之爲截斷眾流；「枯萎時才想起被捧著的日子」乃爲隨波逐浪，不同的生命會有不同的際遇；「落葉則習慣在火中沉思」，這是涵蓋乾坤句，因爲生命終究歸於空無，眾生無不如此。

周夢蝶〈行到水窮處〉(註二八) 首段，我們也可以作相同的解析：

行到水窮處（正）（截斷眾流）
不見窮，不見水——（反）（涵蓋乾坤）（隨波逐浪）
卻有一片幽香
冷冷在目，在耳，在衣。（合）（隨波逐浪）（涵蓋乾坤）

甚至於周夢蝶的名詩〈孤峰頂上〉，逐段都可如是解說。有時，不一定一句緊咬著一句，但二道相因、雲門三句、正反合的推演，卻是現代詩中常用的思維模式，如周夢蝶〈第九種風〉第三段(註三七)，我們可以看到「正反合」一再的推演：

　或然與必然這距離難就難在如何去探測？
　有煙的地方就有火，有火的地方就有竈
　有竈的地方就有牆，有牆的地方就有
　就有相依相存相護相惜相煦復相嗑的唇齒
　一加一並不等於一加一
　去年的落葉，今年燕子口中的香泥

煙↓火↓竈，這是「正」的發展，竈↓牆，則是「反」的作用；但她們卻又有著相同的句型，也可視爲「正」的延續。「相依相存相護相惜相煦」是「正」，緊接著「相嗑」則是「反」，這一「反」來得又急又快。「一加一並不等於一加一」，原該是必然之事（一加一並恆等於一加一），卻成爲或然（一加一並不等於一加一）；「落葉」不一定化成「香泥」（大部分的落葉肥沃了大地），未必然卻在最後反成爲必然（去年的落葉，今年燕子口中的香泥——說得多肯定！），這是「合」，「合」中又有了「反」與「正」。

有時只是一句詩：「無邊的夜連著無邊的／比夜更夜的非夜」(註三八)有著無盡的「反」

與「正」的轉折。有時「正」、「反」、「合」轉折在一段裡：「而此刻，我清清澈澈知道我底知道／『他們也有很多自己』／他們也知道。而且也知道／我知道他們知道」（註三九）有時是整整的一首轉折著「正」、「反」、「合」，如〈菩提樹下〉（註四十），第一段是以二道相因設立的問句：「誰是心裡藏著鏡子的人呢？」「誰能於雪中取火，且鑄火為雪？」答案當然指向佛。第二段寫「有我」，第三段「非我」，末段「眞我」，完整的青原惟信禪師悟道的歷程（三十年），疊合了「佛於菩提樹下，夜觀流星，成無上白覺」的覺悟（一刹那）。

這是「以禪喻詩」的歷史傳承，現代詩人周夢蝶的靜定功夫。

四　現代詩時代以禪入詩的美學實踐

《六祖壇經．定慧品》：「善知識，我此法門，從上以來，先立無念為宗，無相為體，無住為本。無相者，於相而離相；無念者，於念而無念；無住者，人之本性。」（註四一）此三者，可以視為禪宗美學的基本意涵。所謂「無念」是指人的內心不受主觀意識的拘囿，也不受客觀事務的沾染，因而不起妄念；所謂「無相」是指不為人的外在情緒所迷，不被物的外在形相所惑，直探人的本心、物之本質；「無住」則是指不停滯於事務的某一點，能隨物而變動不居，能隨事而滋生不已。

無念、無相、無住，可以用來體會「禪宗境界」。高峰、業露華所寫的《禪宗十講》，以

〈空深幽遠〉論禪與文藝，提到「禪宗的境界」（註四二）有四：一是禪宗反對一切外力的依靠和崇拜——這是「無相」；二是禪宗反對邏輯推理的思維方式，拒斥對佛教經典僅僅作文字上的研讀——這是「無念」；三是參禪悟道的目的是實現心的解放，一味地執著於禪修的冥思苦想跟執著於成佛、執著於於言語文字一樣，都是心性開悟的羈絆——這是「無念」；四是禪宗的終極目的在於心的徹底自在解脫，方式上則推崇「頓悟」——這是「無住」。

無念、無相、無住，也可以用來體會「禪宗美學」。姜一涵（一九二六—）等人所著的《中國美學》論到「禪宗美學實例」（註四三），歸納爲四項，將此四項結論與無念、無相、無住相比對：一是從「不立文字」到「不畏權威」——這是「無相」；二是從「本來是佛」到「頓悟成佛」——這是「無念」；三是從「觸類是道」到「平常心是道」——這是「無念」；四是「圓相」中的禪宗美學——這是「無住」。

甚至前節所論「雲門三關」的思維推演：「涵蓋乾坤句/截斷眾流句/隨波逐浪句」，也可以用「無念、無相、無住」來相對應，相迴轉。因爲「無念」所以可以「涵蓋乾坤」，因爲「無相」所以可以「截斷眾流」，因爲「無住」所以可以「隨波逐浪」。因此，現代詩時代以禪入詩的美學實踐，我們將以「無念、無相、無住」作爲論述的綱領。

（一）無念的美學實踐

「無念」是自念與諸境分離。《六祖壇經．定慧品》對於「無念」有這樣的闡釋：「於諸境上，心不染，曰無念。於自念上，常離諸境，不於境上生心。」

「無念」是去除塵勞，識得本心，長現智慧。《六祖壇經．定慧品》：「無者無何事，念者念何物。無者無二相，無諸塵勞之心。念者念眞如本性，眞如即是念之體，念即是眞如之用。」《六祖壇經．般若品》亦云：「世人有八萬四千塵勞，若無塵勞，智慧長現，不離自性，悟此法者，即是無念。」「智慧觀照，內外明徹，識自本心。若識本心，即本解脫。若得解脫，即是般若三昧，般若三昧即是無念。」

去除雜念的歷程，可以用尹凡（吳冠輩，一九五二－）的詩〈聽雨〉來作見證：

這纏綿黏膩的雨聲
縈繞耳邊
叫人坐也坐不定
經行也感覺十分侷促
學不會聽心何所訴
只聞得一聲

雨聲。水珠滴簷
若有所思
消息脈絡還得期待
第三聲。
傾聽也好，閉耳也好
總是依緣在無盡的水幕珠簾中

只有凝目讀經
初是拒不聽雨
末了雨聲梵語淅淅瀝瀝
觀自在起來了（註四四）

此詩首段，心有旁騖，依緣在無盡的水幕珠簾中，爲雨聲所苦，那是無盡的苦，因此坐立不安，經行偈促，當然就聽不見自己內心的聲音，「學不會聽心何所訴」。次段則以「凝目讀經」的收斂功夫，從「拒不聽雨」的斷絕外境開始，去除塵勞，而後「聽心何所訴」回到不離自性，逐漸讓「雨聲」成爲「梵語」而能觀自在，這就是自念離諸境，諸境心不染的無念功夫。

尹凡的詩從斬斷外緣，去除塵勞，以達「無念」之境。蕭蕭（蕭水順，一九四七－）則讓心與外物互不相涉，心與外物若即若離，心與外物冥然合一，如〈觀音觀自在〉這首詩：「我們和山一齊坐下來／分坐河的兩岸／讓雨直直落在心裡／——如果有風／也不妨斜斜的落／我們都能想像／雪融的樣子／雪融的時候／什麼話也不必說」（註四五）兩首詩都以「雨」象徵外境，尹凡讓心去聽雨，蕭蕭則讓雨直直落在心裡，因此，尹凡需要斬絕外境，蕭蕭直接寫眞如本性：

我以驚喜望花
花以寧謐看我
我以寧謐看花
花以寧謐看我
我以寧謐看花
花，默默萎落（註四六）

從「驚喜」到「寧謐」，人與自然相諧，即使再見到「花，默默萎落」，心境也不再起漣漪。外境的「動」不使心境妄動。「無念」的另一種實踐。

（二）無相的美學實踐

《六祖壇經．定慧品》：「外離一切相，名爲無相。能離於相，則法體清靜。」這是對「無相」的最初說解：「離」相，不受外在形相的影響。

我們往往受外在形相的影響，產生刻板印象，固定反應。如：獅子座的人喜歡統馭他人，魁梧的人一定粗心大意。因而有了錯誤的判斷，做出錯誤的選擇。如果能「離」相，不以貌取人，不以事物的外相直接判斷，才能直抵事物的本心，直探事物的本質。

北宗神秀認爲「身是菩提樹」、「心如明鏡臺」，這就是執著於「身」有相，「心」有相，所以要時時勤拂拭，莫使惹塵埃。南宗惠能則以爲「菩提本無樹」、「明鏡亦無臺」，「身」「心」無相，佛性清靜，何處有塵埃？

一切文字、經書，如果拘泥於此，也是不能離「相」。《六祖壇經．機緣品》：「（劉）志略有姑爲尼，名無盡藏，常誦《大涅盤經》。師暫聽，即知妙義，遂爲解說。尼乃執卷問字，師曰：字即不識，義即請問。尼曰：字尚不識，焉能會義？師曰：諸佛妙理，非關文字。尼驚異之。」（註四七）六祖不是通過「文字」之相而知妙義，無盡藏則爲「文字」之相所迷。

《六祖壇經》丁福保箋註「無相者，於相而離相」時，曾言：「虛空與法身無異相，佛與眾生無異相，生死與涅盤無異相，煩惱與菩提無異相。離一切相即是佛。」能離煩惱之相（不認定煩惱就是某個樣子），能離菩提之相（不認定菩提就是某個樣子），所以，煩惱與菩提才能無異相，煩惱即菩提，這就是佛。

佛家常以「明鏡」喻心，明鏡之所以能照見眾物，因物而顯現不同的外形，就因爲「明鏡」不留相，才能顯萬相。

現代詩人在「無相」的美學實踐上最是得心應手。如：「時間」無相，商禽（羅顯烆，一九三〇－二〇一〇）可以用長頸鹿長長的脖子追尋時間的眞貌：「仁慈的青年獄卒，不識歲月的容顏，不知歲月的籍貫，不明歲月的行蹤；乃夜夜往動物園中，到長頸鹿欄下，去逡巡，去守候。」（註四八）也可以用貓眼與光影的互動，寫時間的動貌：「靜靜守候時間的貓／根本不知道時間就藏在自己身體裡面／而且表現在牠的兩眼中／（子午卯酉一條線，寅申巳亥如鏡圓，丑未辰戌似棗核……）」；或者用鴿子的翅膀象徵時間的飛逝：「牠（貓）還以爲剛才從這邊陽臺飛到那邊陽臺的／鴿子便是時間，以爲時間是灰色的翺翔」；最通俗也可以用「太陽已落山」（註四九）。以上都是商禽詩中時間的意象，意象不同，但都指向「時間」。

洛夫超現實主義的書寫策略，往往撕去事物表面的外相，易以精神面貌可以共通的其他事物，一般人只見其荒謬，詩人卻試圖掌握表象之外的精隨，內在的眞實。如〈驚見〉一詩：

「驚見／一匹銀杏葉／從街邊蝶飛而來／躺在掌心／像剪下來的一小片黃昏／安靜而哀傷」。(註五十)其中「一匹銀杏葉」，將銀杏葉以馬匹的量詞來計算，可以想見銀杏葉飄墜速度之快之猛如馬之奔馳，正切合詩題「驚見」；「蝶飛而來」則將名詞「蝶」作副詞使用，傳達了銀杏葉飄飛如蝶之翩翩，這是「美」的「驚見」；「像剪下來的一小片黃昏」，將具體的銀杏葉改用抽象的時間名詞「黃昏」來比擬，銀杏葉從樹身「飄離」所以用「剪」字，銀杏葉「枯黃」飄離所以用「黃昏」，抽離事物的外相，所以可以驚見事物內在的眞實：「安靜而哀傷」。銀杏葉／馬／蝶／黃昏，詩人不執著在他們的外相，所以可以將他們聯結爲詩。

再以周夢蝶〈守墓者〉末二節(註五一)爲例：

一莖搖曳能承擔多少憂愁？風露裡　（搖曳：動詞→名詞，
憂愁：形容詞→名詞）
我最艷羨你那身斯巴達的金綠！　（斯巴達：名詞→形容詞，
金綠：形容詞→名詞）
記否？我也是由同一乳穗恩養大的！　（乳：名詞→形容詞，
恩：形容詞→副詞）

在地下，在我纍纍的斷顎與恥骨間　（斷：動詞→形容詞）
伴著無眠——伴著我底另一些「我」們　（無眠：形容詞→名詞）
花魂與鳥魂，土撥鼠與蚯蚓們　（花、鳥：名詞→形容詞）
在一起瞑默——直到我從醒中醒來　（瞑默：形容詞→名詞，
「醒」中：動詞→名詞）
我又是一番綠！而你是我底綠底守護……　（綠：形容詞→名詞，
守護：動詞→名詞）

此詩中大量應用「轉品」修辭法，雖說中文詞語沒有固定的詞性，但仍有約定俗成的詞格，如：守護是動詞，綠是形容詞，仍爲大家所遵行。周夢蝶在〈守墓者〉詩中幾乎每一句至少有一處改變詞語的習慣詞性，量數之多，次數之頻，超乎一般詩人之上。唯一可以解釋的是：「無相」美學的實踐。周夢蝶不把「綠」字只當形容詞（綠樹）看待，它可以是名詞（斯巴達的金綠），也可能是動詞（綠了我底眼睛），「綠」是無相的，周夢蝶視之爲「無相」，離其「相」而用，應用起來綽有餘裕。

〈守墓者〉這首詩，頗有莊子（約西元前三六九—二八六年）齊萬物、一死生的哲理，詩中的「你」「我」可以是「墓草」、「枯骨」、「眞人」三者的無限輪迴。如「一莖搖曳能承擔多少憂愁？風露裡／我最艷羨你那身斯巴達的金綠！」這時，你是草，我是枯骨。「直到我從醒中醒來／我又是一番綠！而你是我底綠底守護……」這時，我是草，你是守墓者或是枯骨（才可能是我底綠底守護……）。即使我是枯骨時，我也不只是人的枯骨——「我」們還包括了花魂與鳥魂，土撥鼠與蚯蚓們……。當我活著，我是守墓者，守著墳，守著綠；當我死了，草是是守墓者，守著墳，守著我，守著我們。人、花魂、鳥魂、土撥鼠、蚯蚓、草，生命「無相」，生命無止盡地循環著。「離」眾生「相」，眾生有著相同的生滅輪迴。

再回到「時間」的無相感。周夢蝶〈二月〉詩首段：「這故事是早已早已發生了的／在未有眼睛以前就已先有了淚／就已先有了感激／就已先有了展示淚與感激的二月。」（註五一）……二月、感激、淚、眼睛……這是時間的眾相，時間在時間之流裡的一段生相，其前有……的故事，其後仍有不完的……的故事。因爲，「時間」沒有一定的面貌，所以「情愛」沒有一定的面貌，「故事」沒有一定的面貌，「眾生」沒有一定的面貌。「無相」美學的實踐，所以「詩」沒有一定的面貌。

周夢蝶有一段詩觀，或可作爲「無相」美學的結語：「在平時，吾人看事物，往往會受到感情的、思想的、社會倫理道德等等的左右，而未能如實的透視事物的本質。這些都是由『分別心』而滋生出來的所謂『偏計所執』。而在分別心尚未萌芽之前一剎那，如明鏡當胸，纖塵不染，即是現量境界。或很粗淺的，叫做『第一印象』。」（註五二）這就是周夢蝶所捕捉的初生之璞，離去後天我執的「相」。

（三）無住的美學實踐

《孤獨國》時期，周夢蝶的詩篇〈徘徊〉已隱示「無住」的美學實踐，其首二句曰：「一切都將成爲灰燼，／而灰燼又孕育著一切——」（註五四），生命會有無常的現象，人生卻可以作「無住」的選擇。

《六祖壇經．定慧品》解釋「無住爲本」時，說：「念念之中，不思前境。若前念今念後念，念念相續不斷，名爲繫縛。於諸法上，念念不住，即無縛也。此是以無住爲本。」念念相續時能念念不住，能念念不住，所以才能再相續念念。或許要回到《六祖壇經．行由品》，五祖爲慧能單獨說《金剛經》，至「應無所住而生其心」（莊嚴淨土分第十），慧能言下大悟，一切萬法，不離自性。遂跟五祖說：「何期自性，本自清淨。何期自性，本不生滅。何期自性，本自具足。何期自性，本無動搖。何期自性，能生萬法。」一切都回歸到自性，自性是清淨不生滅，自性是自足不動搖，一切萬法都由自性而生。慧能禪法即是以「明心見性」爲宗。《六祖壇經．般若品》：「不執外修，但於自心常起正見，煩惱塵勞，常不能染，即是見性。善知識！內外不住，去來自由，能除執心，通達無礙。」住，就是執著，就是繫縛；內外無住，就能通達無礙，能生萬法。

蕭蕭曾以〈應無所住而生其心〉爲題，撰詩四首，寫出他體會「無住」的心得，舉第二首爲例：

〈應無所住而生其心〉其二（註五五）

0　釘子接受鐵鎚的捶擊回饋以火花
0　鳥接受鳥籠的拘囿回饋以關關啾啾
0　茶接受沸水的沖泡回饋舌尖以甘美
0　樹枝接受風雨的襲擊回饋以斷裂
0　斷裂的樹枝接受風雨的潤澤回饋以新綠
0　紙接受筆的磨蹭回饋以心靈的安舒
0　頑石接受溪流的愛撫回饋以哲學
0　溪流接受頑石的愛撫回饋以音樂
0　人生接受焠煉回饋人間以讚以嘆
0　鳥接受天空的召喚回饋以優雅的飛翔姿勢
0　沙灘接受潮汐千年萬年來來回回回饋以人類短暫的腳印

0 谷底接受瀑布的縱落回饋以掌聲

0 我接受你千年的折磨回饋以無聲的淚無言的歌無盡的愛無盡的詩

0 瀑布接受谷底的掌聲回饋以遠行
0 釘子接受鐵鎚的捶擊回饋以臂力萬鈞
0 潭水接受擺渡者粗魯的篙槳回饋以微波輕漾
0 歷史接受後人的嘲笑回饋以前人的慨歎
0 舌尖接受茶水的甘美回饋以頻頻嘖嘖
0 人間接受焠煉回饋人生以想像之翅之振起與斂放
0 沙灘接受人類來來回回的腳印回饋以千年萬年不變的潮聲
0 紙接受筆的磨蹭回饋以可以焚燒的憂傷鬱悶
0 前人的慨歎接受後人的嘲笑回饋以歷史
0 大地接受屍體的腐臭回饋以滿山遍野的香花
0 屍體接受香花的香回饋大地以無形的生機
0 擺渡者接受潭水的浮力與阻力回饋以我幸、我命

此詩展開，左十二行，右十二行，好像一隻振翅飛翔的蝴蝶，栩栩然充滿法喜。每句詩的前面是一個「0」字，寓意著：一切歸零（應無所住），一切從零出發（而生其心）。詩中所展示的是人與自然界之間相互的接受與回饋，同一種接受不一定有相同的回應，有時不同的回應出現在同一邊，如第二行「鳥接受鳥籠的拘囿回饋以關關啾啾」與第十行「鳥接受天空的召喚回饋以優雅的飛翔姿勢」；有時出現在左右兩方，如第一行「釘子接受鐵鎚的捶擊回饋以火花」與第十五行「釘子接受鐵鎚的捶擊回饋以臂力萬鈞」。接受與回饋，有時二者之間主客易位，互爲因果，如七、八兩行「頑石接受溪流的愛撫回饋以哲學」、「溪流接受頑石的愛撫回饋以音樂」。接受與回饋，有時出現循環式的因果關係，如第十六行與第二十一行：「歷史接受後人的嘲笑回饋以前人的慨歎」、「前人的慨歎接受後人的嘲笑回饋以歷史」。接受與回饋，有時是對等式的共同存在，如沙灘與潮汐、腳印的關係：「沙灘接受潮汐千年萬年來來回回回饋以人類短暫的腳印」、「沙灘接受人類來來回回的腳印回饋以千年萬年不變的潮聲」。或相關或不相關，或互爲因果或循環因果，或先因後果或倒果爲因，呈現錯綜複雜的局面，都因爲「無住」的美學體驗。

臺灣人人有不同的統獨意識，急統、急獨都是一種執著，學佛的人面對這種選擇，會有什麼樣的反應？曾經寫過《觀音普薩摩訶薩》的夐虹（胡梅子，一九四〇－）曾有一首詩〈中國是我的來龍〉（註五六），或許可以見證另一種「無住」的美學體驗。首段，她發出疑問：「中國這苦難之邦，是我的來龍／我的故國，我生命的源河／震旦中國啊！有一日／這裡能不能成爲一片淨土：／我的去脈？」肯定過去：中國是我的源河，我的來龍。懷疑未來：這裡能不能成爲一片淨土，我的去脈？之後，她再三探尋、再三求問，末段她提出肯定的答案：「苦難的中國啊／我的來龍／向般若求問、向般若求援／豁然的、重新的淨土／我們的去脈」，哪裡是豁然的、重新的淨土，哪裡就是我們的去脈；哪裡是淨土，哪裡就是國土。中國是我的來龍，中國卻不一定是我的去脈。

「無住」其實就是一種周流不怠的動的美學。周夢蝶解說王維「行到水窮處，坐看雲起時」，曾說：「表面上看這兩句話，是寫水和雲，好像沒有深意，事實上不然，水和雲這兩種東西是個象徵，是個動象，也可以說是生命的象徵，雲是動的，水是動的，生命也是動的。所以他拿雲和水都是來象徵生命。水流到不能再流的盡處，雲剛剛升起，這是說最高的眞理，生命的盡頭也是生命的開始，生命的開始也是生命的盡頭。水與雲，是生命的現象，除了這個現象之外，另外有一個東西超乎這個東西之上的至高無上的眞理，這個水也好，雲也好，就用佛家的名詞叫生滅法，雲有飛的時候，水有流的時候，但是，雲有不飛的時候，水也有不流的時候，然而另外的最高的眞理是不受生滅法的約束，它是超然的，永遠在那兒動，但它永遠不疲倦，像老子講的『獨立而不改，周行而不殆』，所以表面上是寫雲寫水，事實上它是寫眞理。」（註五七）因此當周夢蝶以〈行到水窮處〉爲題寫詩，他會說：「行到水窮處／不見窮，

不見水——／卻有一片幽香／冷冷在目，在耳，在衣。」（註五八）

這是現代詩時代「無住」美學的實踐。

五　周夢蝶禪詩美學的體悟

葉嘉瑩老師（一九二四－）說：「周先生乃是一位以哲思凝鑄悲苦的詩人，因之周先生的詩，凡其言禪理哲思之處，不但不為超曠，而且因其汲取自一悲苦之心靈而彌見其用情之深，而其用情之處，則又因其有著一份哲理之光照，而使其有著一份遠離人間煙火的明淨與堅凝，如此『於雪中取火且鑄火為雪』的結果，其悲苦雖未得片刻之消融，而卻被鑄鍊得如此瑩潔而透明，在此一片瑩明中，我們看到了他的屬於『火』的一份沉摯的淒哀，也看到了他的屬於『雪』的一份澄淨的淒寒。」（註五九）自此，「以哲思凝鑄悲苦的詩人」乃成為評鑑周夢蝶詩作的最高指標。

只是這是《還魂草》時期周夢蝶詩作的特色。依《周夢蝶．世紀詩選》裡的分輯，卷一是《孤獨國》，此一時期周夢蝶是既孤且獨而冷凝，世界無窮大卻與他杳不相涉，他將自己冷縮於孤獨國的小角落，也因此他可以冷眼看身外，冷肅探自己。卷二是《還魂草》，正是葉嘉瑩先生所說「以哲思凝鑄悲苦」，曾進豐所言「在禪境與詩境的融通上，詩人常藉助深奧的典故，鋪張繁複綿密的意象，以及弔詭語法的大量使用，造成詩作之幽玄艱澀。」（註六十）卷三是《約會》，曾進豐以爲「以最平淡的語言，寫最平常的情景，卻產生最不平凡的境界，蓋幾經淘洗，陳腐渣滓芟除淨盡，而後得其澄澹明潔。」（註六一）眞正嘗受到禪境喜悅的時期。以封面照片而言，《還魂草》與《周夢蝶・世紀詩選》都是雙手環抱在胸，孤獨在懷的感覺，但《還魂草》的照片斂目沉思，一臉冷肅，《周夢蝶・世紀詩選》則是開眼與世人約會，臉上微漾笑意。

因此，本節將以「引佛語而寄佛理」、「苦世情而悟世理」、「窺禪機而見禪理」來探討周夢蝶禪詩美學的體悟，以見其進階。

（一）引佛語而寄佛理

《還魂草》（註六二）詩集中，直接以佛典、禪語作爲題目的就有〈擺渡船上〉、〈聞鐘〉、〈菩提樹下〉、〈托缽者〉、〈虛空的擁抱〉、〈圓鏡〉、〈燃燈人〉等七首。詩之前的引言，詩之後的按語，註明佛經典故、佛教故事的則有：

〈六月〉（又題：雙燈）：「……爾時阿難，因乞食次，經歷婬室。摩登伽女以大幻術，攝入婬席，將毀戒體。如來知彼幻術所加，頂放寶光，光中出生千葉寶蓮，有佛趺坐宣說神咒。幻術消滅。阿難及女，來歸佛所，頂禮悲泣。——見楞嚴經」

〈六月〉：「釋迦既卒，焚其身，得骨子累萬，光瑩如五色珠，搗之不碎，名曰舍利子。」

〈菩提樹下〉：「佛於菩提樹下，夜觀流星，成無上正覺。」

〈豹〉：「會中有一天女，以天花散諸菩薩，悉皆墜落，至大弟子，便著不墜。天女曰：『結習未盡，故花著身。』——維摩經問疾品」

〈托缽者〉：「優曇華三千年一度開，開必於佛出世日。」

〈尋〉：「世尊在靈山會上，以金檀花一朵示眾，眾皆默默，惟迦葉尊者破顏微笑。」

〈燃燈人〉：「因果經云：爾時善慧童子見地濁濕，即脫鹿皮衣，散髮匍匐，待佛行過。」又：「過去帝釋化為羅剎，為釋迦說半偈曰：『諸行無常，是生滅法。』釋迦請為說全偈。渠曰：『我以人為食，爾能以身食我，當為汝說。』釋迦許之。渠乃復言：『生滅滅己，寂滅為樂。』釋迦聞竟，即攀高樹，自投於地。」。

雖然詩集中也引用《莊子》、《紅樓夢》、《聖經》、《珂蘭經》等，但仍以佛典為多，比諸他人詩集尤為聳峙。

至於引佛教語言、佛教文物入詩，更使他人瞠目落乎其後。如「千手千眼」、「無盡」、「接引」、「偈語」、「袈裟」、「唯我獨尊」、「釋迦」、「菩提樹」、「明鏡」、「佛曆」、「芒鞋」、「剎那」、「永劫」、「舍利」、「結趺」、「地獄」、「缽」、「念珠」、「優曇華」、「因緣」、「恆河」、「世尊」、「金檀花」、「妙諦」、「虛空」、

「僧」、「趺坐」、「拂拭」、「磨洗」、「三十三天」、「寶蓮」、「八萬四千恆河沙劫」、「一彈指」。這些佛教語彙的運用不是生吞活剝，不是硬鑲死嵌，很多語彙只出現一次，可以證明周夢蝶使用這些特殊語言，內心之虔敬，態度之審愼，操作之精準。

因爲活用這些佛經題材而達成佛理的體悟與傳佈，更是促使周夢蝶成爲當代臺灣苦行詩僧，成爲詩學與佛學交匯的標竿的主要原因。

1 虛空無盡的體會

〈擺渡船上〉：「人在船上，船在人上，水在無盡上／無盡在，無盡在我刹那生滅的悲喜上。」這是以相對論的觀點看船與人、水與無盡、無盡與刹那，其實正是對虛空無盡的惶惑。〈孤峰頂上〉：「雖然你的坐姿比徹悟還冷／比覆載你的虛空還厚而大且高……」。〈虛空的擁抱〉：「向每一寸虛空／問驚鴻底歸處／虛空以東無語，虛空以西無語／虛空以南無語，虛空以北無語」。〈空白〉：「我祇有把我底苦煩／說與風聽／說與離我這樣近／卻又這樣遠的／冷冷的空白聽」。〈絕響〉：「那無近遠的草色是爲誰而冷的？／宇宙至小，而空白甚大／何處是家？何處非家？」虛、空、空白、無盡，那是無限的大，無限的大也就有無限的冷。

面對虛空，周夢蝶擅用類疊法、排比法去推展時空，放大時空：

「看你在我，我在你；看你在上，在後在前在左在右」（〈行到水窮處〉）

「虛空以東無語，虛空以西無語／虛空以南無語，虛空以北無語」（〈虛空的擁抱〉）

「在地平線之外，更有地平線／更有地平線，更在地平線之外之外……」（〈第一班車〉）

地平線之外仍是虛空……《六祖壇經．般若品》：「猶如虛空，無有邊畔，亦無方圓大小，亦非青黃赤白，亦無上下長短，亦無嗔無喜，無是無非，無善無惡，無有頭尾，諸佛刹土，盡同虛空。」佛家美學中「時空」、「數量」都被誇飾爲無邊無際，無涯無岸，因此，周夢蝶的詩中深深體會了這種虛空無盡的感覺，虛空無盡，冷亦無盡，因此也體會了人生的微渺與冷的包圍。

2　虛擬無我的體會

〈天問〉：「天把冷藍冷藍的臉貼在你鼻尖上／天說：又一顆流星落了／它將落向死海苦空的哪一邊？」「天把冷藍冷藍的臉貼在你臉上／天說：又一枝蘆葦折了／它將落向恆河悲憫的哪一邊？」周夢蝶詩中「人」的位置相當渺小，如流星之短暫，如蘆葦之脆弱，永遠落向死海苦空、可悲可憫之處。

人是無依的，〈囚〉：「在無天可呼的遠方／影單魂孤的你，我總縈念／誰是肝膽？除了秋草／又誰識你心頭沉沉欲碧的死血？」人是身陷險地的，〈囚〉：「泥濘在左，坎坷在右／

我，正朝著一口嘶喊的黑井走去……」因而，人是退縮的，〈失題〉：「你在濃縮：/盡可能讓你佔據著的這塊時空/成爲最小。」

瑟縮的結果，人退居爲渺小的動物，渺小的泡沫。〈十二月〉：「在夢與冷落之間/我是蛇！瑟縮地遐想著驚蟄的。」〈六月之外〉：「我在哪裡？既非鷹隼，甚至也不是鮫人/我是蟑螂！祭養自己以自己底血肉。」〈托缽者〉：「哪一粒泡沫是你的名字？/長年輾轉在恆河上」。

最後則是自我的懷疑，《孤獨國》時期〈川端橋夜坐〉就曾懷疑人與泡沫有什麼差別：「什麼是我？/什麼是差別，我與這橋下的浮沫？」《還魂草》時期〈聞鐘〉仍然在懷疑：「悠悠是誰我是誰？」虛擬的存在，無我的懷疑，終究會引起世界虛幻、物我無常的感嘆！

3 虛幻無常的體會

《金剛經》〈應化非眞分第三十二〉曰：「一切有爲法，如夢幻泡影，如露亦如電，應作如是觀。」

周夢蝶的體會是「是的，沒有一種笑是鐵打的/甚至眼淚也不是……」（〈十月〉），歡樂不長久，悲傷亦然。「誰能作證？當時間如一陣罡風/浪險月黑，今日的雲/已不復是昨日的薔薇……」，今日的薔薇不復是昨日的薔薇，何況是今日的雲！

禪宗有「心如明鏡臺」應該勤加拂拭的故事，也有「磨磚成鏡」的公案，周夢蝶寫作〈圓鏡〉詩，認爲：「而拂拭與磨洗是苦拙的！/自雷電中醒來/還向雷電眼底幽幽入睡。而且/睡時一如醒時；/碎時一如圓時。」似乎已能深深體會萬象之虛幻，得失之無常，而在一生一滅間，即時掌握，就像「自雷電中醒來，還向雷電眼底幽幽入睡」一樣，抓住剎那間的永恆。因此才有《還魂草》壓卷之作〈孤峰頂上〉所說的：「恍如自流變中蟬蛻而進入永恆/那種孤危與悚慄的欣喜！」

(二) 苦世情而悟世理

葉嘉瑩先生序《還魂草》詩集時，曾將周夢蝶與謝靈運（三八五－四三三）、陶淵明（三六五－四二七）相比，認爲周夢蝶感情之不得解脫，不是現實生活中政治牽涉的凌亂與矛盾，而是內心深處一份孤絕無望之悲苦；周夢蝶的禪理哲思，不是矛盾凌亂中聊以自慰的空言，而是得之於心的觸發與感悟；周夢蝶未能將悲苦泯沒於智慧之中，隨哲理以超然俱化，卻做到將哲理深深透入於悲苦之中而將之鑄爲一體。（註六二）苦於世情之苦的周夢蝶，顫慄於深情、孤絕、死亡之中，有賴於禪的超越、升現，而悟其世理之悟。

1 深情的顫慄

〈空白〉：「倘你也繫念我亦如我念你時／在你盲目底淚影深處／應有人面如僧趺坐凝默。」趺坐之僧，就是專注之情。

〈孤峰頂上〉：「烈風雷雨魑魅魍魎之夜／合歡花與含羞草喁喁私語之夜／是誰以猙獰而溫柔的矛盾磨折你？」則是一種不忍的深情。

〈讓〉：「讓風雪歸我，孤寂歸我／如果我必須冥滅，或發光——／我寧為聖壇一蕊燭花／或遙夜盈盈一閃星淚。」這是犧牲，犧牲是深情的表現。

〈關著的夜〉：「『滴你底血於我底臍中！／若此生有緣：此後百日，在我底墳頭／應有雙鳥翠色繞樹鳴飛。』／而我應及時打開那墓門，寒鴉色的／足足囚了你十九年的。」滴血以救女鬼，是超越陰陽兩界的深情。

〈落櫻後，遊陽明山〉：「直到高寒最處猶不肯結冰的一滴水／想大海此時：風入千帆，鯨吹白浪／誰底掌中握著誰底眼？誰底眼裏宿著誰底淚？」這是周夢蝶詩中最為精絕的意象，直到高寒最處猶不肯結冰，正是為深情所苦的最佳寫照。用情深而專，則其所受之苦也是深而專，嚴而厲。

2 孤絕的顫慄

周夢蝶的第一本詩集《孤獨國》，以孤獨而自成一國，其孤寒、寂寞、絕緣、瑟縮，可想而知。第二本詩集《還魂草》，這株還魂草是在海拔八千八百八十二公尺之上的峰頂絕處，詩集的最後一首詩是〈孤峰頂上〉，豈能不孤立於眾人之中，絕斷於塵俗之外！〈逍遙遊〉，名為逍遙之遊，但離群獨飛不也是一種孤絕嗎？「不是追尋，必須追尋／不是超越，必須超越——／雲倦了，有風扶著／風倦了，有海托著／海倦了呢？隄倦了呢？」海倦了，隄倦了，竟然沒有可以託付的對象，即使是在逍遙遊中，仍然有孤絕的顫慄。因此，周夢蝶詩中充滿了鵠立、植立、直立的孤獨感：

〈冬天裏的春天〉：「而鐵樹般植立於石壁深深處主人的影子／卻給芳烈的冬天的陳酒飲的酡醉！」

〈晚安！剎那〉：「我直立著，看蝙蝠蘸一身濃墨／在黃昏曇花一現的金紅投影中穿織著十字」

〈守墓者〉：「是第幾次？我又在這兒植立！」

〈一瞥〉：「我鵠立著。看腳在你腳下生根／看你底瞳孔坐著四個瞳仁。」

洛夫從個人的情感遭遇，自我不斷的挖深鑽尋，為周夢蝶的孤絕找出源頭，賦予功能：「周夢蝶的詩不僅是處理他自己情感，表現個人哲思的態度與方法，而更是一個現代詩人透過內心的孤絕感，以暗示與象徵手法把個人的（小我）悲劇經驗加以普遍化（大我），並對那種悲苦情境提出嚴肅的批評。周夢蝶的悲劇情感，當非源自政治牽涉，甚至也不是源自現實生活，而是一個現代人『自我追求』『自我肯定』而不可得時，所感到的一種內心深處的孤絕無告。」（註六四）李英豪（一九四一－）則是最早從禪佛的境界去解讀周夢蝶的孤絕：「周夢蝶的『孤絕』，在流露自我中，其意像的構成和心靈的狀貌，顯然是一種『禪』，一種『佛』，達到『無有』、『見性』、『淨化』的境界。他在這種近乎『禪』、『佛』中，發現了無所固繫的自我。詩人雖非『入聖』，但已『超凡』。他的感性已跟這物質社會解體。他在形上世界中追尋『我』，君臨萬象，待『我』如待『佛』。」（註六五）

3　死亡的顫慄

深情而未能引人相濡則悲苦加深，孤絕而不免與人互動則悲苦愈甚，悲苦之至極，必是死亡之顫慄。周夢蝶詩中隨時可見死亡的語言：「天黑了！死亡斟給我一杯葡萄酒」（〈行者日記〉）。「就像死亡那樣肯定而眞實／你躺在這裡」（〈十月〉）。「死亡在我掌上旋舞」（〈六月〉）。「面對枯葉般匍匐在你腳下的死亡與死亡」（〈還魂草〉）。「而在春雨與翡翠樓外／青山正以白髮數說死亡」（〈孤峰頂上〉）。周夢蝶詩中隨時可見死亡的意象：「在地下，在我累累的斷顎與恥骨間／伴著無眠」（〈守墓者〉）。「不知黑了多少個世紀的深海中／萬籟俱寂」（〈一月〉）。「再回頭時已化為飛灰了／便如來底神咒也喚不醒的」（〈六月〉）。「讓黑暗飛來為我合眼，像衣棺／——黑暗是最懂得溫柔與寬恕的。」（〈一瞥〉）。「多想化身為地下你枕著的那片黑！」（〈囚〉）。「何去何從？當斷魂如敗葉隨楓／而上，而下，而顛連淪落／在奈何橋畔。自轉眼已灰的三十三天／伊人何處？茫茫下可有一朵黑花／將你，和你底哭泣承接？」（〈天問〉）

死亡是生之絕境。死亡之至極，卻也可能是新生的伊始。從《孤獨國》集中〈消息〉二首可以見其端倪：火花「不是殞滅，是埋伏」，「是讓更多更多無數無數的兄弟姊妹們／再一度更窈窕更夭矯的出發！」（〈消息〉之一）。「當我鉤下頭想一看我的屍身有沒有敗壞時／卻發現：我是一叢紅菊花／在死亡的灰燼裡燃燒著十字」（〈消息〉之二）。消，是生命之消失。息，卻又是生命之滋長。周夢蝶將生命推至寂滅死亡的絕境，而後，生如蝴蝶脫蛹而出。死亡是已涸的脈管，灼熱在已涸的脈管蠕動；死亡是雪層下的靜寂，一個意念掙扎著欲破土而出。

明年髑髏的眼裡，可有

虞美人草再度笑出？

鷺鷥不答：望空擲出一道雪色！（註六八）

這是〈蛻〉詩的精采意象，頗似禪宗公案，鷺鷥不答，一飛而去，正是夭矯的生命！

若非承受著生活中深情的顫慄，生命裡孤絕與死亡的顫慄，若非沉潛於佛典之中，咀嚼生之苦味，就不可能有《還魂草》詩集。然而，生機活潑，生意盎然的禪機、禪趣，卻是一九六五年《還魂草》詩集出版之後的事了。

(三) 窺禪機而見禪理

周夢蝶的人格特質是極冷與極熱的同存共生，是絕對與絕對的相對，以他自己的詩句而言則是「雪中取火且鑄火為雪」。雪是他外在的氣質，孤絕而冷；火是他內心的深情，小而猛烈。虛無吶喊、現代主義盛行的五〇年代，孤岩挺立、存在主義狂飆的六〇年代，周夢蝶以雪裹覆自己，對於有情世界甚少接觸，火苗深藏於層雪之下。這正是《孤獨國》、《還魂草》寫作的背景，雪在燒的周夢蝶。

七〇年代以後，「冷」字出現在周夢蝶詩中的次數相對減少許多，如果出現，「冷」早已成為「我的盾，我的韻腳，我的不知肉味的韶。媚嫵、粗日與螺碧……」(註六七) 活潑潑的生機隱然萌生，一九八〇年的一場大病使他領悟「人是人，也是人人」，活著不再是那麼簡陋、草率、孤絕與慘切。(註六八) 這是《約會》寫作的時代，雪在融，春水蕩漾，皎然豁然的詩風成為周夢蝶詩作的「第九種風」。

這是眞正窺禪機而見禪理，呈現圓滿之象的詩篇，具足三種型態：

1　興會淋漓，生物參與

周夢蝶早期詩作出現的動物，往往是土撥鼠、蚯蚓、知更鳥、蛇、蟑螂、蟬，代表生命的微賤、畏縮、退卻，但《約會》時期的生物，卻靈活可親，興會淋漓，洋溢著生之喜悅，禪悟後的歡欣。特別是，詩中的語言，一反昔日古奧玄秘的文學詞彙、層疊不盡的意象之轉折與延展，以絕對平實的日常用語，描繪平實的日常動物、植物，更見禪學簡約澹淨的本然之色，如〈九宮鳥的早晨〉、〈兩個紅胸鳥〉、〈蝸牛與武侯椰〉、〈詠雀五帖〉、〈牽牛花〉、〈疤〉、〈細雪〉，都是其中的佳構。傳達了生物與生物的相互感通，生命與生命的相互珍惜，最基本的佛家眾生平等的生命信息。

如〈即事〉一詩，寫水田鷺艷，一隻白色小蝴蝶在滿目煙波搖曳的綠田中所引動的盎然生意：

> 綠不復爲綠所有：
> 在水田的新雨後
> 若可及若不可及的高處

款款而飛
一隻小蝴蝶
髣還從無來處來
最初和最後的
皓兮若雪

以「雪」來形容小蝴蝶，這時的雪是玉潔冰清的雪，不是霜壓雪欺的雪。生之所以爲生的悲苦，不再冰封雪埋似的封鎖周夢蝶。

其實這隻栩栩然的小蝴蝶一直穿越著周夢蝶所有的詩集，從《孤獨國》到如今，蝴蝶是周夢蝶詩中出現最爲頻繁的意象，舉重若輕，將周夢蝶冰凝的深沉苦思，以輕盈的飛翔之姿攜離，在冰封雪埋的苦境裡如是，在興會淋漓的禪喜中亦然。莊子「天地與我並生，萬物與我爲一」的《齊物論》思想，在空中則如蝴蝶，在地下則如伏流，緊緊與周夢蝶相隨，或許這就是「興會淋漓生物參與」寫作的緣由。

如果說禪是佛家美學中的一隻蝴蝶，這隻蝴蝶一直翩翩然在周夢蝶的夢裡、栩栩然在周夢蝶的詩中。

2　博愛情懷，生人約會

日常生活中不輕易與生人交談的周夢蝶，《約會》時期的詩篇卻往往是贈人或與生人交會的紀錄，許多詩的副題註明酬贈對象或時空背景，顯示詩之本事有著現實的依據。前二冊詩集，絕少看到現實中與周夢蝶生活的實際人物，詩中人物不是尊者、基督，就是神話中的息息法斯、久米仙人等仙神，極乏生人氣息。當時周夢蝶趺坐於重慶南路、武昌街口，無視於紅男綠女南來北往，南來北往的紅男綠女未曾進入他的生活中，未曾進入他的詩中。他在隔絕的自我禁閉裡。《約會》時期的詩篇則反是，周夢蝶有了與人相通的聲息。

周夢蝶曾自承嚮往耶穌博愛的精神，或許這些詩篇正是這種入世精神的發皇。在前兩冊詩集中周夢蝶提到耶穌、基督、上帝等字，其次數為佛陀、尊者之數倍，如：「如果每一寸草葉/都有一尊基督醒著」（〈朝陽下〉）。「你們中誰是無罪的/誰就可以拿石頭打她。——約翰福音」（〈六月之外〉）。「一朵微笑能使地獄容光煥發/而七塊麥餅，一尾鹹魚可分啖三千飢者。」（〈豹〉）。「在感恩節。你走到那裡（不沾塵土是你底鞋子）/那裡遍有泉鳴如鐘，花香似雪/簇擁你——仰吻你底腳心/斑斑滴血的往日。」（〈虛空的擁抱〉）。「想起十字架上血淋淋的耶穌/想起給無常扭斷了的一切微笑……」（〈索〉）。「十字架上耶穌的淚血凝動了/我理智的金剛寶劍猶沉沉地在打盹。」（〈錯失〉）。「上帝啊/你曾否賦予達爾文以眼淚。」（〈菱角〉）。「上帝啊，無名的精靈呀！/那麼容許我永遠不紅不好嗎？」

（〈徘徊〉）。「上帝給兀鷹以鐵翼、銳爪、鉤、深目／給常春藤以嬝娜、纏綿與直拗／給太陽一盞無盡燈／給繩蛆蚤虱以繩繩的接力者／給山磊落、雲奧奇、雷剛果、蝴蝶溫馨與哀愁……」（〈乘除〉）。

這就是周夢蝶詩中的耶穌基督，無關乎宗教信仰的博愛象徵。是因爲有這份火熱的深情博愛，才能衝破生之悲苦的錮鎖，因而有了人與物的約會，人與人的交會。如〈約會〉一詩的約會對象是橋墩，如〈老婦人與早梅〉所傳遞的是「春色無所不在」的訊息，活潑潑的人生與禪趣。

3 禪意禪境，生機盎然

早期周夢蝶的詩作明引佛號、佛語、佛典、佛事甚夥，就禪詩而言，有跡可尋，落入言詮。即使暗用禪詩禪事，如〈樹〉：「甚至連一絲無聊時可以折磨折磨自己的／觸鬚般的煩惱也沒有。」（註六九）暗用唐末五代和尚南臺守安〈示徒〉詩：「南臺靜坐一爐香，終日凝然萬慮忘。不是息心除妄想，都緣無事可商量。」（註七十）〈聞鐘〉：「串成一句偈語，一行墓誌：『向萬里無寸草處行腳！』」暗用雪峰義存禪師詩作：「萬里無寸草處，迥迥絕煙霞；萬劫長如是，何需更出家？」（註七一）轉化成功，但終究是借他人口舌以擴展自己的思慮，而非直觀萬象，直探本心，直抒所得。《約會》時期的作品則不再借用佛語佛典爲註腳，也不再呼喚耶穌基督作爲心靈的救贖，昔日「孤絕」的形象轉而爲今日自我承擔的象徵，詩人與讀者從此不必爲佛典佛事所拘牽，拋卻拄杖子，獨立自行，何需依傍！

〈藍蝴蝶〉：「我是一隻小蝴蝶／世界老時／我最後老／世界小時／我最先小／我能成爲天空麼？／掃了一眼不禁風的翅膀／我自問。／能！當然──當然你能／只要你想，你就能！／我自答：／本來，天空就是你想出來的／藍也是／飛也是」。「天上地下，唯我獨尊」的個體生命之尊嚴，世界萬象是由人的心識所源生，這樣的佛學思想都由一隻小蝴蝶不禁風的翅膀所帶引出來，無相之相，見證了眾生平等，佛性之無所不在。

通過萬劫無寸草的苦境，周夢蝶《約會》時期詩作具現了禪意的活潑，禪境的生氣，從生命最陰冷的地方看見歡悅，不僅是生物積極參與，即使是落葉、冰雪都充溢著生猛的盎然之意：

「猛抬頭！有三個整整的秋天那麼大的／一片落葉／打在我的肩上，說：／『我是你的。我帶我的生生世世來／爲你遮雨！』」（〈積雨的日子〉）。

「據說：嚴寒地帶的橘柚最甜／而南北極冰雪的心跳／更猛於悅歡」。（〈不怕冷的冷〉）。

推廣至整個大地，大地在笑：

「我問阿雄：『曾聽取這如雷之靜寂否？』／他答非所問的說：『牽牛花自己不會笑／是

大地——這自然之母在笑啊！』」（〈牽牛花〉）。

如是完成禪的生命之全然開放，完成周夢蝶禪詩美學的完整體悟。

六　結語：妙悟——禪的最高境界、詩的無限可能

宋朝嚴羽（生卒年不詳，活躍於南宋後期，死於宋理宗年間）《滄浪詩話》：「禪道惟在妙悟，詩道亦在妙悟。……惟悟乃爲當行，乃爲本色。」（〈詩辨〉）。明朝胡應麟（一五五一－一六〇二）《詩藪》：「禪則一悟之後，萬法皆空，棒喝怒呵，無非至理；詩則一悟之後，萬象冥會，呻吟咳唾，動觸天眞。」（〈內編．卷二〉）。他們二人先後以「妙悟」二字點出禪道與詩道會通之處，爲佛家美學與詩美學找到綰合的地方。

因此，本文的結語正是「妙悟：禪的最高境界、詩的無限可能」，此句採用互文修辭，也可以說「妙悟：詩的最高境界、禪的無限可能」。分述之爲五：

（一）一己之悟

《涅槃經》、《楞迦經》等經典都在強調：眾生本具佛性，佛性就在自身之內，不待外求，悟也不待外求；《六祖壇經》講到自性時，說「本自清淨」「本不生滅」「本自具足」「本無動搖」「能生萬法」，萬法盡在自心，悟也不待外求。反過來說，悟，需要自身去悟，

他人也無法代替。此之謂一己之悟。禪貴頓悟，詩貴獨創，靠的都是自己親身去體驗，周夢蝶長期浸淫佛典，近期詩作則充滿喜悅與自信，人與大地可以同聲一笑，正是長期體驗之所得，因此能神氣生動，彷佛從胸臆間、肺腑裡汩汩流出。

（二）一念之悟

一念悟，眾生即是佛；一念迷，佛即是眾生。這一念之悟，就是頓悟。悟之當時如何美妙，如非親身體會，恐怕也無法以言語說明，即使是親身體會，恐怕還是無法以言語說明。嚴滄浪說：「夫詩有別材，非關書也；詩有別趣，非關理也。」他企圖說明禪與詩的這「一念之悟」到底是什麼，他認爲非關書非關理，所以，以文字爲詩，以議論爲詩，以才學爲詩，都不是最好的詩（古人之詩）。但是如果眞的以爲非關書非關理，又非嚴滄浪本意，因爲接下來他說：「而古人未嘗不讀書，不窮理。」所以，書要讀，理要窮，但「不涉理路，不落言筌者，上也。」神思，靈感，一時興之所至，一時興會淋漓，禪與詩都在追求這種一開一闔之間閃現的美妙。

（三）一字之悟

《五燈會元》說到百丈禪師的「野狐公案」（註七二），同樣的題目：「大修行人還落因果也無？」回答：「不落因果」，五百年生墮野狐身；百丈禪師回答的是：「不昧因果」，使人大悟，脫野狐身而去。不落因果與不昧因果，一字之差，是悟與不悟之別，結果天差地遠。詩，講究一字師，鍛字鍊句是詩學必要的功夫，點鐵可以成金，點凡可以成聖，詩與禪皆如此。

除此之外，詩人是要自以爲高人一等，可以在因果之外不落因果？或是要能合其光而同其塵，隨其波而逐其流，能自自然然在因果循環之中而不昧因果？其理亦甚明。

（四）一入之悟

對人，不可過河拆橋；對詩，卻要得魚而忘筌。對事，不可得意忘形；對詩，卻要得意而忘言。言語文字、山川草木蟲魚鳥獸，都是參禪者、寫詩者的媒介，藉由這些媒介直入道體，直入思想核心，直入事物本質，此之謂「一入之悟」。傳統詩學主流，從司空圖的「韻外之致」、「味外之旨」，王漁洋的「神韻說」，嚴滄浪的「興趣說」，到王國維的「境界說」，所追求的無非是言外之意，期能不著一字盡得風流。與禪家所追求的：不立文字，不落言詮，二者相通。但，詩是語言的藝術，不能離文字而獨存，所以，詩與禪的一入之悟就在於：不離文字，不泥文字。

（五）一體之悟

自性是本自具足的，所以禪悟之後可以如永嘉玄覺所說：「一性圓通一切性，一法遍含一切法」（註七三），一以貫之，不可分割，這就是一體之悟，就像石入水中，一圈一圈不斷的漣漪，一波一波不斷地連倚。佛家認爲「無情有性」（無情之物亦有佛性），一山一石一草一木都是內心「如來藏」所生，一心可以統攝萬象，萬法終究歸於一心，所以，一心悟，眾生悟。以詩而言，詩之內部相互呼應諧和，以成就渾然天成的圓融之境，這是第一步的一體之悟；以「小蝴蝶」入詩使人領會，這時的小蝴蝶不只是小蝴蝶，可以代表任何一物，這是第二步的一體之悟。（註七四）

詩學與禪學如此相互滙通，相互印證，持續開發，持續攀升，希望達昇到一個完美的境界。而周夢蝶是臺灣現代詩人中，以漫長的一生見證佛家美學，以完整的一生實踐佛家美學，以入世的一生攄陳出世的情懷，完美的第一人，自有他自成體系的豐碩成果。

參考文獻

一　周夢蝶詩集（依出版時間順序排列）

周夢蝶　《還魂草》　臺北市　領導出版社　一九七七年
周夢蝶　《周夢蝶・世紀詩選》　臺北市　爾雅出版社　二〇〇〇年

二　中文書目（依作者姓氏筆畫順序排列）

丁福保《六祖壇經箋註》　臺北市　天華出版公司　一九七九年

王士禎《帶經堂詩話》

王應麟《詩藪》

白　靈《一首詩的誕生》　臺北市　九歌出版社　一九九一年

李英豪《批評的視覺》　臺北市　文星書店　一九六六年

李　淼《禪宗與中國古代詩歌藝術》　高雄市　麗文文化公司　一九九三年

杜松柏《禪學與唐宋詩學》　臺北市　黎明文化公司　一九七六年

杜　牧《杜牧詩選》　臺北市　遠流出版公司　二〇〇〇年

姜一涵等《中國美學》　臺北市　國立空中大學　一九九二年

柳晟俊《王維研究》　臺北市　黎明文化事業公司　一九八七年

洛　夫《雪落無聲》　臺北市　爾雅出版社　一九九九年

孫昌武《詩與禪》　臺北市　東大圖書公司　一九九四年

高峰、業露華《禪宗十講》　臺北市　書林書店　一九九九年

張伯偉《禪與詩學》　臺北縣　揚智文化公司　一九九五年

陳　香《禪詩六百首》　臺北市　國家出版社　一九八九年

普　濟　《五燈會元》
楊文雄　《詩佛王維研究》　臺北市　文史哲出版社　一九八八年
廖閱鵬　《禪門詩偈三百首》　臺北市　圓神出版社　一九九六年
管　管　《管管·世紀詩選》　臺北市　爾雅出版社　二〇〇〇年
潘麗珠　《現代詩學》　臺北市　五南圖書公司　一九九七年
蕭　蕭　《悲涼》　臺北市　爾雅出版社　一九八二年
蕭　蕭　《凝神》　臺北市　文史哲出版社　二〇〇〇年
蕭麗華　《唐代詩歌與禪學》　臺北市　東大圖書公司　一九九七年
魏慶之　《詩人玉屑》　臺北市　世界書局　一九六六年

三　中文篇目（依作者姓氏筆畫順序排列）

王　維　〈大薦福寺大德道光禪師塔銘〉　《王摩詰全集箋注》卷二十五
王　維　〈請施莊爲寺表〉　《王摩詰全集箋注》卷十七
元好問　〈嵩和尚頌序〉　「詩爲禪客添花錦　禪是詩人切玉刀」　《遺山先生文集》卷三十七
尹　凡　〈聽雨〉　《普門》　第二二〇期　一九九八年一月　頁九十
余光中　〈松下有人〉、〈松下無人〉　《紫荊賦》　臺北市　洪範書店　一九八六年　頁八

一—八四

周夢蝶　〈蛻〉　《中國現代文學大系．詩》　臺北市　巨人出版社　一九七二年

周夢蝶　〈詩人與歌者〉　臺北市　《書評書目》　第六九期討論會　一九七九年

周夢蝶　〈風耳樓小牘〉　臺北市　《聯合報．副刊》　一九八一年八月三日

李立信　〈論偈頌對我國詩歌所產生之影響〉　中壢市　中央大學「文學與佛學關係研討會」論文　一九九七年　頁七—八

洛　夫　〈試論周夢蝶的詩境〉　臺北市　《文藝》　第二期　一九六九年八月

洛　夫　〈驚見〉　《夢的圖解》　臺北市　書林出版公司　一九九三年　頁五五、五六

姚儀敏　〈以詩的悲哀征服生命悲哀的周夢蝶〉　臺北市　《中央月刊》　二五卷八期　一九九二年

商　禽　〈背著時間等時間〉　《八十九年詩選》　臺北市　臺灣詩學季刊社　二〇〇一年　頁三九

商　禽　〈長頸鹿〉　《商禽．世紀詩選》　臺北市　爾雅出版社　二〇〇〇年　頁六

陳玲玲　〈鳥到春天倦亦飛——管窺周夢蝶先生的詩境〉　臺北市　《書評書目》　八十期　一九七九年

曾進豐　〈周夢蝶詩導論〉　《周夢蝶．世紀詩選》　頁十

曾進豐　《周夢蝶詩研究》　臺北市　臺灣師大國文研究所碩士論文　一九九六年

敻　虹　〈中國是我的來龍〉　《普門》　第二三二期　一九九九年一月　頁九十

葉嘉瑩　《還魂草》序　收入周夢蝶　《還魂草》　臺北市　領導出版社　一九七七年　頁五—六

——選自《臺灣新詩美學》（臺北市：爾雅出版社，二〇〇四年），頁九九—一六二

注釋

註　一　李立信：〈論偈頌對我國詩歌所產生之影響〉，中央大學「文學與佛學關係研討會」論文（一九九四年），頁七—八。

註　二　蕭麗華：《唐代詩歌與禪學》（臺北市：東大圖書公司，一九九七年），頁七—一一。詩道與禪道的融匯基礎，蕭麗華歸納爲二，一是：「詩的本質是以精神主體爲主的」，「禪是中國佛教基本精神，是心靈主體的超越解脫，是物我合一的方法與境界，與詩歌的本質是可以相匯通的。」二是：「禪的不可言說性與詩的含蓄象徵性，也是詩禪可以相互借鑑的重要因素。」因爲「禪是心性體悟上實修的功夫，不是言語現實可以表達的。」「詩的表達也需注意含蓄不露的特質。」所以「詩與語言文字之間不即不離的特性與禪相似。」

註　三　張伯偉：《禪與詩學》（臺北縣：揚智文化公司，一九九五年），頁一一一。

註　四　杜松柏：《禪學與唐宋詩學》（臺北市：黎明文化公司，一九七六年），頁一九七。
註　五　杜松柏：《禪學與唐宋詩學》，第三章。
註　六　李淼：《禪宗與中國古代詩歌藝術》，第二章（高雄市：麗文文化公司，一九九三年）。
註　七　元好問：〈嵩和尚頌序〉：「詩爲禪客添花錦，禪是詩人切玉刀」，《遺山先生文集》卷三十七。
註　八　杜松柏：《禪學與唐宋詩學》，頁二三四。
註　九　王維：〈請施莊爲寺表〉，《王摩詰全集箋注》卷十七。
註　十　王維：〈大薦福寺大德道光禪師塔銘〉，《王摩詰全集箋注》卷二十五。
註十一　楊文雄：《詩佛王維研究》（臺北市：文史哲出版社，一九八八年），頁二一三—二二三。
註十二　楊文雄：《詩佛王維研究》，頁二一七。
註十三　胡應麟：《詩藪》內篇，卷六〈近體下〉。
註十四　王士禎：《帶經堂詩話》。
註十五　柳晟俊：《王維研究》（臺北市：黎明文化事業公司，一九八七年），頁一五九。
註十六　李白：《李太白全集》卷二十。
註十七　杜牧：《杜牧詩選》（臺北市：遠流出版公司，二〇〇〇年），頁六五。
註十八　杜牧：《杜牧詩選》，頁六八。
註十九　孫昌武：《詩與禪》（臺北市：東大圖書公司，一九九四年），頁六十—六一。
註二十　見《大正藏》卷四，頁二九三。

註二一　《六祖壇經．付囑品》，見《六祖壇經箋註》（臺北市：天華出版公司，一九七九年），頁九六—九七。

註二二　管管：《管管．世紀詩選》（臺北市：爾雅出版社，二〇〇〇年），頁二六。

註二三　《六祖壇經．行由品》，《六祖壇經箋註》，頁二十。

註二四　余光中：〈松下有人〉、〈松下無人〉，《紫荊賦》（臺北市：洪範書店，一九八六年），頁八一—八四。

註二五　《六祖壇經．頓漸品》，《六祖壇經箋註》，頁八〇、八一。

註二六　白靈：《一首詩的誕生》（臺北市：九歌出版社，一九九一年），頁八四。

註二七　《五燈會元》，卷十七。

註二八　〔宋〕魏慶之：《詩人玉屑》卷六〈命意．用意太過〉條（臺北市：世界書局，一九六六年），頁一三二。東坡原意是好詩可以參禪，藉著好詩的語言以求得言語之外的妙處。魏慶之卻誤以為「蓋端叔用意太過，參禪之語，所以警之云。」

註二九　〔宋〕魏慶之：《詩人玉屑》卷六〈命意．意脈貫通〉條，頁一三三。

註三十　三人〈學詩〉詩，俱見《詩人玉屑》卷一〈詩法〉第八、九頁。趙章泉列在最先，但其前有言曰：「閱復齋閒紀所載吳思道、龔聖任學詩三首，因次其韻：」可見先後次序應是吳思道、龔聖任、趙章泉。

註三一　杜松柏：《禪學與唐宋詩學》，頁三七八—三七九。

註三二　張伯偉：《禪與詩學》，頁一三四。

註三三　見《詩人玉屑》卷十四，頁三〇九。杜松柏：《禪學與唐宋詩學》，頁三八九引用時依《詩人玉屑》原來標點，末二句作「無間可伺其深淺，以是爲序。」張伯偉《禪與詩學》頁七七引用時，其標點則改爲「無間可伺。其深淺以是爲序。」

註三四　張伯偉：《禪與詩學》，頁七一—八五。此結論出現在頁八三。

註三五　洛夫：《雪落無聲》（臺北市：爾雅出版社，一九九九年），頁四六。

註三六　周夢蝶：《周夢蝶．世紀詩選》（臺北市：爾雅出版社，二〇〇〇年），頁三九。

註三七　周夢蝶：《周夢蝶．世紀詩選》，頁七八—七九。

註三八　周夢蝶：〈風〉中的詩句，《周夢蝶．世紀詩選》，頁、一六—一一八。

註三九　周夢蝶：〈濠上〉詩末段，《周夢蝶．世紀詩選》，頁二五。

註四十　周夢蝶：《周夢蝶．世紀詩選》，頁三四—三五。

註四一　《六祖壇經．定慧品》，《六祖壇經箋註》，頁四六。下引各品，俱見本書。

註四二　高峰、業露華：《禪宗十講》（臺北市：書林書店，一九九九年），頁一八八—一九三。

註四三　姜一涵等：《中國美學》，臺北：國立空中大學，一九九二，頁一二九—一四五。

註四四　尹凡：〈聽雨〉，《普門》第二二〇期（一九九八年一月），頁九〇。

註四五　蕭蕭：〈觀音觀自在〉，蕭蕭：《悲涼》（臺北市：爾雅出版社，一九八二年），頁一五〇—一五一。

註四六　蕭蕭：〈飲之太和〉第三首，《悲涼》，頁九六。

註四七　《六祖壇經．機緣品》，《六祖壇經箋註》，頁五七。

註四八　商禽：〈長頸鹿〉，《商禽・世紀詩選》（臺北市：爾雅出版社，二〇〇〇年），頁六。

註四九　商禽：〈背著時間等時間〉，《八十九年詩選》（臺北市：臺灣詩學季刊社，二〇〇一年），頁三九。

註五十　洛夫：《驚見》，《夢的圖解》（臺北市：書林出版公司，一九九三年），頁五五、五六。

註五一　周夢蝶：〈守墓者〉，《還魂草》（臺北市：領導出版社，一九七七年），頁一〇－一二。

註五二　周夢蝶：〈二月〉，《還魂草》（臺北市：領導出版社，一九七七年），頁二八－二九。

註五三　陳玲玲：〈鳥到春天倦亦飛——管窺周夢蝶先生的詩境〉，《書評書目》八十期（一九七九年），又見姚儀敏：〈以詩的悲哀征服生命悲哀的周夢蝶〉，《中央月刊》二十五卷八期（一九九二年）。此處轉引自曾進豐：《周夢蝶詩研究》（臺北市：臺灣師大國文研究所碩士論文，一九九六年），頁二八。

註五四　周夢蝶：〈徘徊〉，《還魂草》附錄，頁一六〇。

註五五　蕭蕭：〈應無所住而生其心〉，《凝神》（臺北市：文史哲出版社，二〇〇〇年），頁一三四－一四七。

註五六　奧虹：〈中國是我的來龍〉，《普門》二二一期，頁九十。

註五七　周夢蝶：〈詩人與歌者〉，《書評書目》第六九期討論會（一九七九年），此處轉引自《周夢蝶詩研究》，頁八六。

註五八　周夢蝶：〈行到水窮處〉，《還魂草》，頁六八－六九。

註五九　葉嘉瑩：《還魂草》序，頁五－六。

註六十　曾進豐：〈周夢蝶詩導論〉，《周夢蝶．世紀詩選》，頁十。

註六一　曾進豐：〈周夢蝶詩導論〉，《周夢蝶．世紀詩選》，頁十四。

註六二　本節所引詩篇都在《還魂草》中，不另加註。《還魂草》詩集之後附錄《孤獨國》詩作二十二首。

註六三　葉嘉瑩：《還魂草》序，頁五。

註六四　洛夫：〈試論周夢蝶的詩境〉，《文藝》二期（一九六九年八月）。

註六五　李英豪：《批評的視覺》（臺北市：文星書店，一九六六年），頁六一。

註六六　周夢蝶：〈蛻〉，《中國現代文學大系．詩》（臺北市：巨人出版社，一九七二年）。

註六七　周夢蝶：〈不怕冷的冷〉，《周夢蝶．世紀詩選》，頁七二。此節所引詩篇皆出自本書，不另加註。

註六八　周夢蝶：〈風耳樓小牘〉，《聯合報．副刊》，一九八一年八月三日。

註六九　周夢蝶：〈樹〉，《還魂草》，頁一八。

註七十　原載《禪宗雜毒海》卷二，此處轉引自《禪門詩偈三百首》（臺北市：圓神出版社，一九九六年），頁三〇六。

註七一　原載《雪峰義存禪師語錄》卷下，此處轉引自《禪門詩偈三百首》，頁三〇三。

註七二　野狐公案，見《五燈會元》卷三。

註七三　見〈永嘉證道歌〉，《禪詩六百首》（臺北市：國家出版社，一九八九年），頁四八。

註七四　孫昌武論文〈禪的妙悟與詩的妙悟〉中談到以禪的妙悟來說明詩歌創作的思維特徵，一是強調自悟，二是強調一念之悟，三是強調一體之悟，四是直證之悟，與本文所談，有同有異，可以參看，見孫昌武：〈禪的妙悟與詩的妙悟〉，《詩與禪》，頁六二－七二。潘麗珠論文〈中國『禪』的美學思維對現代詩的影響〉，提到現代詩表現禪意的分法，歸納爲：「靈動超詣的無我之境」、「孤寂而自在的生命覺」、「遠近俱泯的時空觀」，或可對應爲本文所述的「一念之悟」、「一己之悟」、「一體之悟」，見潘麗珠：《現代詩學》（臺北市：五南圖書公司，一九九七年）。

後現代視境下的「蝶道」與「詩路」

——以周夢蝶「蝶詩」的空間轉換作為探索客體

摘要

周夢蝶拔起於臺灣現代詩壇之上，高居於孤冷的峰頂，但他從十五歲開始即以「夢蝶」爲號，選擇「蝴蝶」作爲自我的隱喻，本文試圖以「蝶道」見證周夢蝶的「詩路」，如何從古典的哲學氛圍中，穿過現代主義的情致與精緻，來到後現代的溫熱，如何從驚醒的、有形的「蘧蘧然周也」，翔飛出「栩栩然胡蝶也」開闊而自在的詩境。因而發現孤獨國境的蝴蝶，有著新詩革命中的古典堅持，在孤獨國內，蝴蝶與古典意象齊飛、蝴蝶與太陽爭光、蝴蝶與花比美、蝴蝶與濕冷空間相映襯；孤峰頂上的蝴蝶，則顯現現代主義下的自我清醒：蝴蝶是生與死對立又和諧的雙翅，蝴蝶是入夢大覺死而重生的象徵，蝴蝶是流變蟬蛻進入永恆的介面；近期的蝴蝶，世間翩翩，有著重生的喜悅，映現後現代的物我圓融，因此，眾生是一種蝴蝶，凝神是另一種蝴蝶，開悟是另一種蝴蝶，蝶與周齊，蝶與萬物合的哲思，盎然漾起無限生意。

本文以不同時期的蝴蝶飛舞空間有所轉換，作爲周夢蝶詩作風格的轉變依據，以蝴蝶所對應的空間情境，分析古典風貌而至後現代盛行的時代，周夢蝶詩作從孤冷而至溫潤的人情溫度。不變的是：「夢」與「蝶」一直貫穿著周夢蝶一生的詩作，顯示周夢蝶一生深陷於情意之中，執著不移。

關鍵詞

周夢蝶、蝶詩、空間轉換、後現代時代

一　前言：蘧蘧然周也

風格即是人格，臺灣現代詩人所思、所作，往往可以讓讀者找到詩人藉物以自喻的思路歷程，如紀弦（路逾，一九一三－）的〈狼之獨步〉，既可以視之爲紀弦個人獨來獨往、爲新詩革命不計毀譽的個性，也可以將此詩當作新詩前程的預言；如覃子豪（一九一二－一九六三）的〈瓶之存在〉，則是覃先生以瓷之本質的圓潤光澤、瓶之線條的柔美順暢，象徵他對生命圓融的體悟，是他生命哲學與生命美學沈思後的結晶；如蓉子（王蓉芷，一九二八－）前期的詩作〈青鳥〉、後期的〈青蓮〉，都足以視爲蓉子生命教養的投射。林亨泰（一九二四－）的〈風景〉以層層疊疊的農作物、陽光，隱喻臺灣本土文化的豐厚內涵，而以層層疊疊的防風林抗禦外來文明的激盪；白萩（何錦榮，一九三七－）則以〈雁〉之族群命運與意志，做爲人類（特別是臺灣人）生命力與意志力的象徵。這些詩與詩人，內化後的意象與生命，渾然揉合，息息相通，成爲現代詩壇最瑰麗而雋永的景觀，值得注視。

周夢蝶（周起述，一九二一－），拔起於臺灣現代詩壇之上，高居於孤冷的峰頂，早期論者常以「恍如自流變中蟬蛻而進入永恆／那種孤危與悚慄的欣喜！／髣還有隻伸自地下的天手／將你高高舉起以寶蓮千葉／盈耳是冷冷襲人的天籟」的〈孤峰頂上〉（註一）作爲其人其詩的自況之作，審視〈孤峰頂上〉，確實足以負荷此一重責，標舉著《孤獨國》、《還魂草》（註二）時期孤高而冷且近於（浸於）佛理的詩篇。但從《十三朵白菊花》、《約會》（註三）出版之後，李奭學（一九五六—）認爲「物我或人我不分的現象，構成《約會》和《十三朵白菊花》最獨特的美學。兩卷佳音，至善盡繫於此。」（註四）奚密（一九五五—）則以爲這兩冊詩集是「修溫柔法的蝴蝶」，說「詩人深刻體會『情』是『溫馨的不自由』〈於桂林街購得大衣一領重五公斤〉，他勇敢地承受，並喜悅地擁抱它。」（註五）年輕詩人羅任玲（一九六三—）亦強調：「『自然』不再是周夢蝶悲苦的代言人，而是『道』的化身，邁向溫暖、自由、美和愛的道路。」（註六）綜此而言，「孤獨」、「悲苦」等詞語已無法承擔周夢蝶詩生命之確眞面貌，《十三朵白菊花》、《約會》時期的周夢蝶彷彿從孤峰頂上走回溫熱的人世間，特別是寫於二十世紀九〇年代之後的《約會》詩集，輯一謂之「陳庭詩卷」、輯二凡四題十首稱爲「爲曉女弟作」、輯四則是「辛巳除夕對酒有懷小林正樹等諸大師」的「遠山的呼喚」，全是爲人而作、因人而書的詩篇，輯三以「約會」爲名，更可以看出周夢蝶與世間人、世間事、世間情、世間物，頻繁約會，交感互動的軌跡。新世紀之後的新作，輯爲《有一種鳥或人》，（註七）收入四十四首詩，其中「擬仿」之作七首，副題標示「致」、「寄」某人之「酬答」詩十四首，詩集近半之作因人而起興，周夢蝶性不喜酬酢，心卻牽繫世間人、世間事、世間情、世間物，這部新集又是有力的新證。（註八）

周夢蝶寫詩伊始，即以本姓之「周」緊扣莊子之名，而以「夢蝶」爲號，形成姓與名完美結合、詩與人完美結合的「周夢蝶」三字行於世。臺灣新詩壇能像「周夢蝶」三字，其姓、其名、其詩、其人完美結合的，則是另一位藍星詩人「余光中」（一九二八－）。不同的是，「余光中」三字爲父母所賜，寄寓著長輩的期許；「周夢蝶」三字則是詩人十五歲時因爲閱讀《今古奇觀》裡〈莊子鼓盆成大道〉的小說，使得從小在拘謹、保守環境中成長，外在形體又受到相當限制的他，心中興起飛向自由天地、自在心境的一份嚮往。（註九）因此回歸到《莊子》原典，從莊子（莊周，約西元前三六九－二八六年）〈齊物論〉思想來認識周夢蝶詩境，尋探周夢蝶詩路的轉折，未嘗不是最好的途徑。

莊周夢蝴蝶的故事，來自《莊子．齊物論》：

> 昔者莊周夢爲胡蝶，栩栩然胡蝶也，自喻適志與，不知周也。俄然覺，則蘧蘧然周也。不知周之夢爲胡蝶與，胡蝶之夢爲周與？周與胡蝶，則必有分矣，此之謂物化。（註十）

「蘧蘧然周也」與「栩栩然胡蝶也」之間，是以「夢」作爲連結，（註十一）在哲學論述與戲劇演出上，偏向於文學之美。

周夢蝶的第一首新詩（寫於一九三九年，詩人十九歲）（註十二），詩中主角即是「蝴蝶」：「誰也沒有看見過春，／我也是一樣的。／但，當蝴蝶在花叢中飛舞的時候／我知道，春來了！」（註十三）頗有「春江水暖鴨先知」、「春在枝頭已十分」之意。臺灣日制時代詩人楊華（楊顯達，一九〇〇－一九三六）的第一首新詩〈小詩〉五則（寫於一九二六年，詩人二十七歲），第一則「人們看不見葉底的花，/已被一雙蝴蝶先知道了。」（註十四）同樣以青少年的年歲寫出人生的第一首新詩（兩人同樣有豐富的舊詩創作），同樣以蝴蝶飛舞象徵（或盼望）春意盎然，楊華以「華」（花）為號，周夢蝶以「蝶」為名，也有相互輝映之趣。不同的是蝴蝶從周夢蝶十五歲以「夢蝶」為名的少年，穿過二十八歲的第一首新詩，甚至於飛越孤峰頂上，永遠翩飛於周夢蝶的詩情間。因此，選擇「蝴蝶」作為周夢蝶的自我隱喻，以「蝶道」見證周夢蝶的「詩路」，如何從古典的哲學氛圍中，穿過現代主義的情致與精緻，來到後現代的溫熱，如何從驚醒的、有形的「蘧蘧然周也」，翔飛出「栩栩然胡蝶也」的詩境，正是本文寫作的要義。

二　〈齊物論〉裡的蝴蝶

《莊子．齊物論》的篇旨，依據章炳麟（一八六九－一九三六）的說法「先說喪我，終明物化，泯絕彼此，排遣是非。」劉咸炘（一八九六－一九三二）則認為「此篇初明萬物之自然，因明彼我之皆是，故曰齊物。」錢穆（一八九五－一九九〇）的《莊子纂箋》認為兩人的說法恰當。（註十五）秉持這種「泯絕彼此」、「彼我皆是」的觀念來看〈齊物論〉文末莊周夢爲蝴蝶的寓言，近人劉武《莊子集解內篇補正》有所敘論：

栩栩然者蝶也，蘧蘧然者周也；魂交則蝶也，形接則周也。故曰：「則必有分矣」。然蝶爲周所夢化，則周亦蝶也，蝶亦周也，分而不分也，即上文所謂「彼出於是，是亦因彼」，「是亦彼也，彼亦是也」。(註十六)

這種說法強調宇宙萬物本有分際，莊周、蝴蝶原本有所區隔，但魂交則莊周可以成爲蝴蝶，形接、蝴蝶又恢復爲莊周，這就是莊子的「物化」說，「物化」可以融攝異質的兩者，使兩者合而爲一。物與物之間因爲有分際（必有分），所以才能無分際（物化）。白靈（莊祖煌，一九五一－）曾引《莊子．知北遊》：「物物者與物無際，而物有際者，物際者也；不際之際，際之不際者也。」（使物成爲物的，與物沒有分際，物若彼此有分際，是物自己使之有分際；沒有分際的分際，即使有分際也等於沒有分際）(註十七)，用以論述管管（管運龍，一九二九－）「沒有母奶界線」的人生(註十八)，是指管管不曾區隔物與物之間的分際，所以才有「不際」之作。但是，沒有分際，還不到「物化」的境界。「物化」之說，或許引錢鍾書（一九一〇－一九九八）論氣韻、神韻的說法，可以更爲透徹：「曰『氣』曰『神』，所以示別於形體；曰『韻』，所以示別於聲響。『神』寓體中，非同形體之顯實；『韻』裊聲外，非同聲響之亮澈；然而神必托體方見，韻必隨聲得聆，非一亦非異，不即而不離。」（註十九）若是，莊周、蝴蝶有所區隔（就如形體與神、聲響與韻），所以「非一」；莊周、蝴蝶魂交形接（就如神寓體中、韻裊聲外），所以「非異」；這正是不即不離的「物化」說。

因爲「非一」，所以觀照的主體與客體可以對望，觀照的主體要有主體的認識，才能造就觀照的美感。因爲「非異」，所以觀照之當下，主體與客體可以泯然無別，是亦彼，彼亦是，此爲「化」境。

王國維（一八七七－一九二七）《人間詞話》的「境界」說中曾提及「有我之境」與「無我之境」：「有我之境，故物皆著我之色彩。無我之境，故不知何者爲我何者爲物。」（註二十）其中「不知何者爲我何者爲物」可能受到莊子「不知周之夢爲胡蝶與，胡蝶之夢爲周與？」的影響，意指觀照的主體（創作者）要能化身爲被觀照的客體，渾然化一，才是勝於「有我之境」的化境。此則引文引自滕咸惠《人間詞話新注》，滕咸惠《人間詞話新注》依王國維原稿順序加以編排（此則爲第三十三則），註解時在「有我之境，故物皆著我之色彩」下，引用叔本華《世界是意志和表象》云：「在抒情詩和抒情的心境中，……主觀的心情，意志的影響，把它的色彩染上所見的環境。」在「無我之境，故不知何者爲我何者爲物」下，引用叔本華的話：「每當我們達到純粹客觀的靜觀心境，從而能夠喚起一種幻覺，彷彿只有物而沒有我存在的時候，……物與我就完全溶爲一體。」（註二一）爲王國維受叔本華影響找出脈絡，強調主觀詩人與客觀詩人之不同。

但王國維手定本《人間詞話》，將此則移前爲第三則，加入「以我觀物」、「以物觀物」八字：「有我之境，以我觀物，故物皆著我之色彩。無我之境，以物觀物，故不知何者爲我何者爲物。」劉紹瑾（一九六二－）《莊子與中國美學》書中引述此則，認爲王國維的「以我觀物」、「以物觀物」，承襲邵雍（一〇一一－一〇七七）的觀點：「以物觀物，性也；以我觀物，情也。性，公而明；情，偏而暗。」（邵雍：《皇極經世緒言》）（註一二一），這種「以物觀物」的觀點，應該是由莊子「物化」所演繹出來的創作學，劉紹瑾因此進而以莊子學說指出「以物觀物」之所以感應宇宙萬物的特質與重要：一、「以物觀物」的方式的一大特點，是人對宇宙萬物的那種直觀的把握方式，由此必然導致人、宇宙、萬物的合一。二、「以物觀物」的方式強調人爲宇宙之一物，而不應該成爲宇宙萬物的主宰者，更不應該被視爲萬象秩序的賦給者。三、「以物觀物」的方式要求保存自然萬物的自然狀態，必然導致自然萬物的具體性、生動性、多重暗示性。（註一二二）以莊子這種美學觀點，對應周夢蝶新詩，周夢蝶作品中的直觀、不爲主宰、多重暗示性，早已是他詩作的核心價值，數十年來時時爲人所稱揚。

〈齊物論〉裡的蝴蝶夢，以七十三個字的寓言，生動化其前的長篇大論，蝴蝶與蝴蝶夢因而成爲莊子哲學裡重要的意涵：一、莊周的蝶化，乃象徵著人與外物的契合交感。莊子透過美感的經驗，藉蝶化的寓說來破除我執，泯除物我的隔離，使人與外在自然世界，成爲一大和諧的存在體。二、莊子將自我、個人變形而爲蝴蝶，以喻人生的天眞爛漫，無拘無束。蝴蝶翩翩飛舞，遨翔各處，不受空間的限制；牠悠遊自在，不受時間的催促；飄然而飛，沒有陳規的制約，也無戒律的重壓。三、宇宙如一大花園，人生歡欣於一片美景之中——如蝶兒之飛舞於花叢間。因此，要說「人生如夢」的話，在莊子心中所浮現的，便是個美夢。四、莊子藉「物化」（Things Being Transformed）的觀念，融死生的對立於和諧之中。（註二四）這是哲學家陳鼓應（一九三五－）對於莊子「蝴蝶夢」的體會，也是詩人周夢蝶詩中不經意就飄飛起蝴蝶意象的緣由，本文將從《莊子．齊物論》的這隻蝴蝶開始觀察牠在周夢蝶詩中不同的空間轉換，藉以領略周夢蝶新詩的韻味。

三　孤獨國境的蝴蝶：新詩革命中的古典堅持

周夢蝶的第一本詩集《孤獨國》，列入藍星詩社「藍星詩叢」，出版於一九五九年四月（寫作時間：一九五二－一九五九）。其時年輕的詩社「創世紀」在高雄蓄勢待發（一九五四年十月創社，一九五九年四月轉向「世界性、超現實性、獨創性以及純粹性」發展）；「現代派」已經組織完成（一九五六年二月），「波特萊爾一切新興詩派之精神與要素」、「新詩乃是橫的移植，而非縱的繼承」、「知性之強調」、「追求詩的純粹性」等信條，喧騰於時人口中；「中國詩人聯誼會」剛成立（一九五七年詩人節）、「現代主義論戰」正酣（覃子豪的

〈新詩向何處去〉發表於一九五七年八月《藍星詩選·獅子星座號》，紀弦的〈從現代主義到新現代主義〉、〈對於所謂六原則之批判〉發表於一九五七年八月、十二月《現代詩》第十九期、二十期），現代派與藍星詩社詩壇霸主之爭掀起滔天巨浪；周夢蝶則隱於軍營與書肆中，不受外來思潮影響，自成孤獨王國，《孤獨國》詩集扉頁上引用奈都夫人的話：「以詩的悲哀征服生命的悲哀」，默默呈現周夢蝶其人其詩永恆之基調。

《孤獨國》收進詩作三十三首，蝴蝶翔飛於其中者有〈讓〉、〈霧〉、〈乘除〉、〈默契〉、〈孤獨國〉、〈向日葵之醒〉等六首，篇數雖爲五分之一弱，卻是《孤獨國》主精神之所在，甚至於延伸到其後之創作仍保有相類之氛圍，如意象喜用基督教義與佛教故事、古典詩詞、莊子寓言、怪誕傳奇等相關典故，伴隨蝴蝶者一定是花與陽光，而相對於蝴蝶的空間意象必然偏於濕冷，茲分論如次：

（一）蝴蝶與古典意象齊飛

《孤獨國》中周夢蝶堅持應用古典意象，轉化傳統意涵，生長新義，其中以基督教、佛教、伊斯蘭教的教義，古典詩詞、莊子寓言、西洋文學、奇幻小說或電影，最常入詩。如〈讓〉詩之空杯、聖壇，〈霧〉詩的夸父、羲和、后羿、盤古，〈乘除〉裡的上帝，〈默契〉化用羅蜜歐與茱麗葉、白雷克、惠特曼、世尊、迦葉尊者，〈孤獨國〉中的曼陀羅花、千手千眼佛，〈向日葵之醒〉既有莊子的鵬、伊甸園的毒蛇，還有上帝及其獨生子。

以〈霧〉詩爲例，〈霧〉這首詩共有八段，每兩段爲一小節，每一小節各抒其義，第一節四行寫冷霧罩大地，第二節細述諸神望日之殷切，第三節以小草的觭幻夢境寫出期待的喜悅，末四行爲第四節，描摹陽光降臨如盤古開天闢地一樣神奇，讓人興奮張開眼睛看世界。試看古典意象最多的二、四兩節：

夸父哭了，羲和的鞭子泥醉著
眈眈的后羿的虹弓也愀然黯了顏色；

而向日葵依舊在凝神翹望，向東方！
看有否金色的車塵自扶桑樹頂閃閃湧起；

……

當陽光如金蝴蝶紛紛撲上我襟袖，
若不是我濕冷襤褸的影子澆醒我

我幾乎以爲我就是盤古
第一次撥開渾沌的眼睛。（註二五）

前兩行使用夸父逐日、后羿射日，是大家所熟悉的與太陽相關的中國神話故事。羲和亦然，羲和是駕駛日車之神，屈原〈離騷〉：「吾令羲和弭節兮，望崦嵫而勿迫。」（註二六）就是希望羲和不要急於揮動馬鞭，將太陽趕下西山。羲和在《山海經．大荒南經》中更是太陽之母，生下十個太陽；羲和在黃帝時代則爲考定星曆，懂得占日的官員。夸父、羲和、后羿，無不是因爲太陽爲大霧所掩，因而借用的遠古神話人物，期能擴大想像空間，這是周夢蝶化用古典意象最重要的收穫。羲和泥醉未能駕車，夸父不能逐日，后羿無法射日，連諸神都束手無策，足見大霧深鎖，天地黯黯無光，色彩也消沈不見，所以「后羿的虹弓也愀然黯了顏色」。「后羿的虹弓也愀然黯了顏色」此句總結東方神話無日可追、無日可趕、無日可射，因而黯了顏色，卻也開啓下一段太陽金色馬車與向日葵的西洋神話，更爲末節「陽光如金蝴蝶」埋下伏筆。

古典意象的「扶桑」，指的是浴日的東方，與羲和趕車所望的「崦嵫」西山，同樣應用神話拉長了詩中極東至極西的空間感；最後一節，「盤古」開大闢地的神話典故，也有相同的拓展上下空間的作用。換言之，周夢蝶詩中的神話、典故，增厚了詩的神秘與文化厚度，也拉大了詩的想像空間，令人著迷。

〈霧〉詩中的蝴蝶，鍍上金色，用以譬喻太陽的光熱。準此以視周夢蝶《孤獨國》中蝴蝶飛舞的空間，幾乎都設計在太陽下，值得注意。

（二）蝴蝶與太陽爭光

小小的昆蟲蝴蝶，在周夢蝶詩中，一直與太陽同在，與太陽爭光，如《孤獨國》中最後的一首詩〈向日葵之醒〉之第二首末句，以「——太陽，不是上帝的獨生子！」作結，何以「——太陽，不是上帝的獨生子」？因爲這首五行詩的首二句就說：「鵬、鯨、蝴蝶、蘭麝，甚至毒蛇之吻，蒼蠅的腳……／都握有上帝一瓣微笑。」上帝鍾愛的不僅是太陽，鵬、鯨、蝴蝶、蘭麝都爲上帝所寵愛，甚至毒蛇之吻、蒼蠅的腳，即使是人類認爲微賤、有害之物，都是天地生養的生命，應該給予同樣的尊榮、等量的愛。基督博愛，佛渡眾生，莊子言道之無所不在，在螻蟻、在稊稗、在瓦甓、在屎溺，每下愈況（《莊子·知北遊》），均屬此等襟懷。〈向日葵之醒〉之第一首雖未言及蝴蝶，但仍以懸殊的對比，強調對陽光的追尋：

> 我矍然醒覺
> （我的一直向高處遠處衝飛的熱夢悄然隱失）

靈魂給驚喜擦得赤紅晶亮
瞧，有光！婀娜而夭矯地湧起來了
自泥沼裏，自荊棘叢裏，自周身補綴著「窮」的小茅屋裏……

而此刻是子夜零時一秒
而且南北西東下上擁擠著茄色霧（註二七）

「光」與泥沼、荊棘叢、窮、小茅屋，是一對比；「赤紅晶亮」與茄色霧（茫與冷），是另一對比。兩組對比的前者「光」、「赤紅晶亮」，面積小，後者所屬比例則偏大，這又是另一種對比。巨大對比的作用在於強調「光」之引人、「向」（日）之扭轉力。因此，當「蝴蝶」與「太陽」同在，是將「蝴蝶」拉至「太陽」等高的位置，〈乘除〉一詩就有這種對比性的拉拔作用：

一株草頂一顆露珠
一瓣花分一片陽光
聰明的，記否一年只有一次春天？

草凍、霜枯、花冥、月謝
每一胎圓好裏總有缺陷孿生寄藏！

上帝給兀鷹以鐵翼、銳爪、鈎啓、深目
給常春藤以嫋娜、纏綿與執拗
給太陽一盞無盡燈
給蠅蛆蚤虱以繩繩的接力者
給山磊落、雲奧奇、雷剛果、蝴蝶溫馨與哀愁……（註二八）

太陽只一盞卻是無盡的燈，蠅蛆蚤虱數以億計且有繩繩不絕的接力者卻是卑賤而微弱；磊落的山、奧奇的雲、剛果的雷，與蝴蝶的溫馨與哀愁；這種對照性的寫作，都維繫著一種不對稱的均衡、不均衡的對稱，彷彿圓好與缺陷並存。

蝴蝶與太陽，巨大的異質性對比，周夢蝶的詩以這樣的型態震撼讀者心靈。並推及於其他巨大的異質性事物，如葉嘉瑩教授爲《還魂草》撰序所引用的「於雪中取火且鑄火爲雪」（註二九）等等。如此巨大的異質性對比，就空間思考而言，無疑也是給讀者一個開闊而浩瀚的世界。

（三）蝴蝶與花比美

較諸蝴蝶與太陽的巨大異質性對比，蝴蝶與花，在體積上同屬輕薄短小而細且弱，在優美與壯美的屬性上同屬優美之體，雖然一爲動物一爲植物，卻有著同質性的諧和之美，因此，在周夢蝶的「蝶詩」中，有蝶飛舞，必有花在，蝴蝶守護著花，花守候著蝴蝶，形與象不離，氣與神緊緊相隨。以《孤獨國》的六首「蝶詩」來看，〈讓〉詩有「讓蝴蝶死吻夏日最後一瓣玫瑰」之句；〈霧〉裡出現「向日葵」與「金蝴蝶」；〈乘除〉說「一株草頂一顆露珠／一瓣花分一片陽光」；〈默契〉更出現對仗性的佳美句子，傳達出對愛的執著與投入：「每一閃蝴蝶都是羅蜜歐癡愛的化身，／而每一朵花無非茱麗葉哀豔的投影」；〈孤獨國〉「這裏沒有眼鏡蛇、貓頭鷹與人面獸／只有曼陀羅花、橄欖樹和玉蝴蝶」；〈向日葵之醒〉中「蝴蝶、蘭麝，甚至毒蛇之吻，蒼蠅的腳……／都握有上帝一瓣微笑。」

蝴蝶與蛾同屬鱗翅目昆蟲，牠們的翅膀都由一片片美麗的鱗片相疊而成，蝴蝶的鱗片結構更是複雜，因而折射出的色彩變化萬千，蝶翅幻化的色彩就像花瓣那樣多采多姿，可以相互媲美。「蝴蝶是會飛的花，花是不會飛的蝴蝶」，如此相互爲喻的句子，應該來自於繁複的蝶翅與花瓣的形構與色譜。

蝴蝶的身體結構分爲頭、胸、腹三節，四片蝶翅、六隻蝶足分置胸、腹兩側，重要的頭部則包括一對作爲嗅覺器官的觸角，一張吸食花蜜、露水的吻器，一對靈活注視左右遠近、敵友親疏的複眼，每個複眼由六千至一萬個單眼所構成，更是令人嘆爲觀止。如果以蝴蝶的複眼譬喻周夢蝶的詩眼，或許也有蝶翅與花瓣的互喻效果。

蝶與花結合點最多的是〈讓〉這首詩：

讓軟香輕紅嫁與春水
讓蝴蝶死吻夏日最後一瓣玫瑰，
讓秋菊之冷豔與清愁
酌滿詩人咄咄之空杯；

讓風雪歸我，孤寂歸我
如果我必須冥滅，或發光——
我寧願爲聖壇一蕊燭花
或遙夜盈盈一閃星淚。（註三十）

此詩季季都有花卉，春天的軟香輕紅是花，夏日的玫瑰是花，秋日的菊（是花）還要酌滿詩人的空杯（暗指詩人之詩是因菊而開的花），甚至於聖壇上的燭花、星淚，其實都是「花」

的另一種化身或隱喻。蝴蝶與花的關係此詩以「死吻」表示，情愛的糾葛、綿纏，盡在這兩字裡。（註三一）比〈讓〉詩早兩年發表的〈詠蝶〉之作，（註三二）更以羅蜜歐、朱麗葉之殉情，暗喻蝴蝶對花的癡與愛：「你的生命只是一個『癡』，/你的宇宙只有一個『愛』；/你前生定是殉情的羅蜜歐，/錯認百花皆朱麗葉之靈魂。//最後的一瓣冷紅殞落了，/你的宇宙也隨著給葬埋；/秋雨秋風作了你的香塚，/可有朵朵花魂爲你弔睞？」（註三三）這是周夢蝶唯一以「詠蝶」爲名的詩篇，直述他對蝴蝶與花不可兩分的觀點與感受。

蝶與花之生生死死之情愛糾葛，延續這種觀點，更需要進一步探究的是〈讓〉詩中「冥滅」與「發光」的「重生」觀，唯有「冥滅」才能「發光」，是周夢蝶眾多以「深情」暗喻「至聖」的詩作裡，抵死纏綿的不二選擇。這種以死爲生的蝶詩，會在《還魂草》的時代表現得更爲深刻，我們將於第四節中繼續闡幽探微。

（四）蝴蝶與濕冷空間相映襯

〈讓〉這首詩其實還顯示出周夢蝶「蝶詩」共有的空間暗示，那就是與「蝶」相映襯的永遠是濕冷孤寂的空間，濕冷孤寂，其實一直是周詩的現實空間，蝴蝶、花與陽光，則是周詩的想望空間。〈讓〉詩中「風雪歸我，孤寂歸我」的空間設計，符合此一準則，一方面對映出蝴蝶與花的美適，一方面也讓詩中的我有著趨於「冥滅」的覺悟與決志。

《孤獨國》中其他的蝶詩亦然，〈霧〉當然是鋪天蓋地的冷霧籠罩全身、全世界，「濕冷劈頭與我撞個滿懷」與「陽光如金蝴蝶紛紛撲上我襟袖」是典型的濕冷與蝴蝶相映襯的代表句；〈乘除〉中，「一株草頂一顆露珠／一瓣花分一片陽光」所對映的，不就是「草凍、霜枯、花冥、月謝」的滅絕之境；〈默契〉這首詩在點醒所有的生命都在覓尋自己、或掘發自己，「當北極星枕著寂寞，石頭說他們也常常夢見我……」是將自己與北極星、石頭的冷、硬、執拗、寂寞，做著類比性的繫連，北極星代表的是冬季深夜，端指的是正北，都是「冷」的極致徵兆。〈向日葵之醒〉是醒自「泥沼裏，荊棘叢裏，周身補綴著『窮』的小茅屋裏……」，這些詩篇都深刻書寫身陷濕冷空間的孤寂感，蝴蝶成爲生命中最大的寄託。〈孤獨國〉這首主題詩，成爲最適切的代言作：

〈孤獨國〉

昨夜，我又夢見我
赤裸裸地趺坐在負雪的山峰上。
這裏的氣候黏在冬天與春天的介面處
（這裏的雪是溫柔如天鵝絨的）

這裏沒有嘐騷的市聲
只有時間嚼著時間的反芻的微響
這裏沒有眼鏡蛇、貓頭鷹與人面獸
只有曼陀羅花、橄欖樹和玉蝴蝶
這裏沒有文字、經緯、千手千眼佛
觸處是一團渾渾莽莽沉默的吞吐的力
這裏白晝幽闃窈窕如夜
夜比白晝更綺麗、豐實、光燦
而這裏的寒冷如酒，封藏著詩和美
甚至虛空也懂手談，邀來滿天忘言的繁星……

過去佇足不去，未來不來
我是「現在」的臣僕，也是帝皇。（註二四）

〈孤獨國〉分爲三段，首段「負雪的山峰」表出空間的孤高與冷肅，末段寫時間永不移轉，停駐於此時。這兩段的最後都以句點（。）結束，確認隔絕、閉鎖之無可消除。中間一段則寫孤獨國之極靜與至冷，象徵心性的本來面目既清且明，空間則設定為廣大的虛空，面對的是不言無語的遙遠的繁星，即使忘言也能相互神會心領；寒冷如酒，詩和美卻封藏在深處，象徵「獨與天地精神相往來」的心既定且靜，其內在卻又豐美無數。這裡，人為的「文字、經緯、千手千眼佛」都不足以為救贖，唯有代表覺悟、和平與自在的曼陀羅花、橄欖樹和玉蝴蝶四處飛舞。（註三五）

〈孤獨國〉所呈現的空間，是周夢蝶在吵雜嬲騷的臺灣新詩革命期，在論戰不斷中，保留下來的一塊獨立自主、蝴蝶翔舞的清靜地。整部《孤獨國》，他極目注視外在空間，設計空間，將空間推至極限，因而擴大了現實中孤獨與濕冷的淒清之感。蝴蝶，是孤獨國時期周夢蝶想望裡的小小寄託，以這樣小小的古典式的飛翔與自在，對抗極大的空間的孤寂。

四　孤峰頂上的蝴蝶：現代主義下的自我清醒

《孤獨國》裡的蝴蝶之意與象，仍然在《還魂草》中繼續翔飛，那是作為蝴蝶的本質性的永恆、永恆性的本質。即使如此，《還魂草》中的蝴蝶，其實又飄飛出新的生命、新的蝶道。在為《石頭記》百二十回所做「初探」之書：《不負如來不負卿》，周夢蝶無意間透露出他的詩觀：「將事實之必不可能者，點化為想像中之可能：此之謂創造。」（註三六）又曰：「詞人之所以異於人者無他：敏於感受，妙於想像而已。」（註三七）「詩所以寄興寓情；其所賦詠，不必一一皆耳聞目擊。所以者何？一朵浪花自海上飛起，是一朵浪花；飛回去，便是海了。」（註三八）敏於感受，妙於想像，周夢蝶詩作之所以創作不離這八個字，因而他詩中的蝴蝶是想像中海上飛來的浪花，作爲一位冥想型詩人，竟日兀坐苦思，凝神專注，周夢蝶及其詩中蝴蝶，必有彩翼可以引渡讀者到完全自在的新境界。

《還魂草》詩集初版於一九六五年（文星書店），距《孤獨國》之發行已七年，這七年中現代主義的虛無感，超現實主義爲了覓尋「眞」不擇途徑的戲碼，都在周夢蝶冷眼下，靜靜演出。但獨坐街頭的他，其實心中思慮分明，自有抉擇。從一九五九年取得書攤營業許可證，周夢蝶就在臺北市武昌街一段七號「明星咖啡屋」廊柱下擺攤售書，以維生計，所售之書都屬於當時最爲前衛、現代性與實驗性強烈之作，《現代文學》、《歐洲雜誌》、《劇場》等推廣新藝術的雜誌，置放在最醒目的位置。這個書攤之所以成爲臺北市值得記憶的文化景點，不是因爲攤主是一位現代詩人，更不是因爲攤主長年一襲藍色布衣，低眉觀心的僧家道行，而是這個攤位不擺放流行、暢銷的書籍雜誌，專門展售冷門嚴肅的現代經典，儼然是西洋現代文學的中繼站，臺灣當代文學的展示窗，戒嚴時期被視爲禁忌的前衛作品，學校不能講授，圖書館不知購藏，文藝青年只能來此領洗。施洗者約翰（註三九）卻又垂眉閉目，不言無語，這樣特殊的衝擊是當時現代文學愛好者心中雜陳的五味、翻滾的潮浪。

周夢蝶二十一年的書攤生涯，竟成爲臺灣二十世紀六〇年代、七〇年代現代文學的施洗約翰，周夢蝶不一定自知。市場、寺廟，就在趺坐處五公尺之外，喧囂紅塵就在身旁，周夢蝶或許也不清楚。論評者喜歡以「大隱隱於市」加以解讀，但是周夢蝶並沒有隱的念頭或條件，他所能掌握的是眾聲喧嘩中的一己安穩，萬方風雨中的一方寧靜。不過，古奧宗教經典與現代前衛思潮的相互滲透、迎合與抵拒，現代思潮下的迷失、慌亂與醒覺，周夢蝶的詩中卻是清晰回應，特別是回應在穿過孤獨國的蝴蝶身上。《還魂草》共有十一首蝴蝶詩：〈十月〉、〈六月——又題：雙燈〉、〈六月〉、〈駢指〉、〈失題〉、〈晚安！小瑪麗〉、〈關著的夜〉、〈囚〉、〈落櫻後，遊陽明山〉、〈燃燈人〉、〈孤峰頂上〉，這十一首蝴蝶詩共同指向：夢與醒的對比實境，死與生的體會與認證。

據美學研究者分析，東方美學有幾個重要特點：一、東方美學有著濃厚的神秘色彩；二、東方美學認爲審美活動是直覺體驗性的；三、東方美學是主體性美學，它以強烈的主觀性爲重要特徵；四、東方美學是生命美學；五、東方美學理論是詩性的理論。（註四十）周夢蝶詩作驗證了其中神秘色彩、直覺體驗與生命美學，尤其是《還魂草》這部詩集，向來爲詩評家所熱中討論者，不外乎這三項。如以莊子〈齊物論〉來說，前面一大半的皇皇碩論、夸夸之言，不如短短這一則莊周夢爲蝴蝶的小寓言，既是直覺體驗，又富神秘色彩，從此發展出來的《還魂草》蝴蝶詩，更是生命美學的實質體現。分述如下：

（一）蝴蝶是生與死對立又和諧的雙翅

長期關注周夢蝶其人其詩的學者曾進豐指出：「周夢蝶在詩中表現莊、禪的神秘經驗，用得最多也最爲有效的技巧就是弔詭語法。」（註四一）他引述黃永武的「矛盾語法」說：「矛盾逆折的語法，是在間隔甚短的距離中，容納兩個相反的意思，而詩人能將兩個相反的意思，在須臾之間，聯貫一氣，創造出一個相互衝激而躍起的高潮，這樣的詩句，往往能給人警策的印象。」（註四二）並認爲弔詭語法就是黃永武的矛盾語法，並歸納出周夢蝶以這種弔詭語法所造就的四種「智境」：一、外「物我彼此」，二、破「是非正反」，三、齊「終始本末」，四、一「大小短長」，全面鳥瞰周夢蝶作品，以禪學、莊學的體認來體認周公之詩，頗見其效。（註四三）不過，以生命美學而言，從蝴蝶詩中，周夢蝶是在「蘧蘧然」與「栩栩然」之間往來穿梭，是在「夢」與「覺」之際體驗，因而在「生」與「死」交會時，體悟到二者的對立與和諧，此一「外」死生、「破」死生、「齊」死生、「一」死生的哲思，其實也值得在此論述。

這種生死、死生的弔詭思緒，當然與弔詭語法互爲因果，先有這種思緒而後發展出這種語法，或者先認知這種弔詭語法因而悟及禍福之相倚伏，已難以細察。老子的思考模式，也喜歡以相對而論的方法告訴我們純樸、清靜、簡素、無爲的好處，他發現「有無」是相對而互生的，「難易」是相對而相成的，「長短」是相對而互顯的，「高下」是相對而相倚的，「音聲」是相對而和諧的，「前後」是相對而相隨的。老子不僅使用字詞上的「反義詞」：曲／

全，枉／直，窪／盈，敝／新，少／得，缺／成，沖／盈，屈／直，拙／巧，訥／辯，無／有，難／易，短／長，下／高，虛／實，弱／強，也喜歡以相反的詞語、句構，傳達相同的觀念，可見這種淵源爲時已久。（註四四）

佛家亦然。《大林間奧義書》說：梵是「非粗、非細、非短、非長、非赤、非潤；無影、無暗；無風、無空；無著；無味、無臭、無眼、無耳、無語、無意、無熱力、無氣息、無口、無量、無內、無外。」「奧義書哲學家認爲，只有排除了一切具體事物的屬性後，才能表達梵的無性之美、『大全』之性，才能表明梵的無限性和自由性。」（註四五）佛家、莊子、老子，以至於周夢蝶，都使用這種『二律背反』的獨特思維邏輯，面對相互否定的、且又一方不能取消另一方的存在的兩個命題，面對各自都具有眞理性、存在的必然性的兩個命題之時（註四六），是一種語言與眞理並生、眞理與語言共存的場域，是心靈靠身體而依存、身體賴靈魂而活動的靈肉二元而合一的相同緣由。若以蝴蝶詩來看，蝴蝶振飛的雙翼，或許是最好的啓發。

《還魂草》中蝴蝶詩，處處可見生與死既對立又和諧的徵象與意涵，有似蝴蝶振飛的雙翼，最明顯的是兩首月份詩：

1 〈十月〉（註四七）

「就像死亡那樣肯定而眞實／你躺在這裡。……所有美好的都已美好過了／甚至夜夜來弔唁的蝶夢也冷了」；「死亡」是肯定而眞實的，「蝶夢」卻是美好的、夜夜來弔唁死亡（你），死亡與蝶夢，一種對比性的存在，「弔唁」則顯現和諧。這首詩裡另有兩次出現「矛盾性」的語言：「十字架上漆著／和相思一般蒼白的月色」，將死亡（十字架）與愛（相思）同舉；「沒有一種笑是鐵打的／甚至眼淚也不是……」，將笑與哭同舉（它們都不是鐵打的），二者皆爲對立又和諧的徵象。

2 〈六月〉（註四八）

「死亡在我掌上旋舞／一個蹉跌，她流星般落下／我欲翻身拾起再拚（疑爲拼字）圓／虹斷霞飛，她已紛紛化爲蝴蝶。」此詩中，死亡蹉跌如流星——不是一顆流星，而是獅子座流星雨一般壯觀的星群，所以才有「拼圓」的意念，結果卻在虹斷霞飛的背景下，紛紛化爲蝴蝶。死亡化爲蝴蝶，可以視爲對立後的和諧。

在這兩首出現蝴蝶的「月份詩」中，死亡雖陰冷，卻有化蝶的可能，死亡與蝴蝶，有如蝶之雙翼，和諧鼓風而翔飛。藉此，我們可以進入下一階段的言說：蝴蝶是重生的象徵。

（二）蝴蝶是入夢大覺死而重生的象徵

周夢蝶詩作深受佛教思想影響，在重佛教的印度思想中，對『永恆』、『無限』（梵），有著肯定或否定的兩種表述方法，猶如前小節所述矛盾語法，都表現出泛神論的共同特點：「既立足於物質形式，又力圖超越物質形式；既顯現為生命，又力圖超越生命；既有詩性思維自由的想像和象徵，又有理性思維的嚴密的邏輯推理；既是現實的，又是超現實的。」（註四九）正是這種泛神論的思想，構成了印度思想中靈肉二元的人生哲學，「所謂『靈肉二元』的人生觀，是指印度思想在尊重現實人生的同時，更尊崇精神生活乃至出世和解脫的終極理想。」（註五十）在周夢蝶《還魂草》階段的詩作中，則顯現為肉身入夢，解脫而為靈的活潑生機，蝴蝶成為「入夢大覺、死而重生」的象徵，「入夢」乃必經之途徑，「大覺」是解脫的終極理想，入夢才能自覺，大夢始可大覺。

夢與覺、死與重生的意象，在這一階段的蝴蝶詩中頻繁出現，成為《還魂草》的主旋律。又題〈雙燈〉的〈六月〉，詩一開始出現的是喚不醒的「飛灰」，一種死絕滅絕的意象：「再回頭時已化為飛灰了／便如來底神咒也喚不醒的」；永難再見的那雙燈，「除非你能自你眼中／自愈陷愈深的昨日的你中／脫蛹而出。第二度的／一隻不為睡眠所困的蝴蝶……」（註五二）第二度的醒覺便可以永遠不為睡眠所困，那是脫蛹而出的、重生的蝴蝶。另一首〈六月〉，詩的開始是「蘧然醒來／繽紛的花雨打得我底影子好濕！」詩的結束才可能是「死亡」如流星般落下紛紛化爲蝴蝶。（註五二）〈駢指〉說：「定」從風中醒來，「蝴蝶」翩躚著自風中醒來。（註五三）佛家所謂的「風」是指人生歷練上的「稱、譏、毀、譽、利、衰、苦、樂」，唯有能「定」，不爲所動，才能是翩躚「醒來」的蝴蝶。〈失題〉中的你，髣暹是初花，「在驚蟄眼下，從幽夢中／輾然醒來」，笑著「醒來」，所以才有妙諦自眉梢灑落而又飛起，如「蝶振翼」。（註五四）這些詩中的覺與醒，都暗喻著重生、新生的美，如蝶一般化蛹而翩躚。

原題〈連瑣〉（《聊齋誌異》女鬼名）的〈關著的夜〉，期望跪求老道的是「返魂香」；（註五五）〈囚〉詩中的背景是「青而復枯，枯而復青」的宿草——重生的空間；要尋訪的你〈一羽蝴蝶〉「在紅白掩映的淚香裏／以熟悉的觸撫將隔世訴說……」——〈訴說隔世〉重生的主角；「誰是相識而猶未誕生的那再來的人呢?」——再來，不就是隔世、重生?（註五六）〈落櫻後．遊陽明山〉首句即是「依然空翠迎人」，點明的是「再遊」。〈燃燈人〉中的「滅盡還甦」、「一隻蝴蝶正爲我／預言著一個石頭也會開花的世紀」，再三重複的都是「枯而復青」、「滅盡還甦」，蝴蝶就在詩中入夢而復覺，入死而出生。此一入死而出生的蝴蝶，不與俗文學「梁祝故事」中的「化蝶」、「還魂」情節相涉，卻也無妨從這樣的方向，確立蝴蝶一世一世穿梭而下的深情之本質所在。

(三) 蝴蝶是流變蟬蛻進入永恆的介面

「蝴蝶」，顯然就是周夢蝶詩中的圖騰，體現他苦思凝鑄的智慧，透露出他生命主體狂醉激情的嚮往，誠如東方美學研究者所肯認的：「東方民族的『意象』是體現創造者生命慾望衝動的、充滿旺盛生命力的、洋溢著主體狂醉激情的藝術形象。圖騰崇拜的心理衝動決定了以符號化的物質形式來代替人的內心觀念，把內心的願望和情緒轉化為『以假當眞』的形象。這種全新的自由的建構組合、任意的變形、大膽的創新，最符合『純藝術』的創造精神：它體現了人類超越時空的想像的任意性、自由性，顯現了人類自由的本質。可以說，圖騰意識是虛幻意識，是催化藝術詩性思維的強有力的激素，它激發了東方創造性意象藝術的產生，使意象藝術成爲東方藝術的根本特徵。」（註五七）從這樣的體認出發，無疑的，「蝴蝶」已然是周夢蝶藝術的根本特徵，尤其是入夢覺醒、死裡重生的蝴蝶。（註五八）或者說，因爲蝴蝶，周夢蝶的詩作在風暴雨亂中進入眞正的永恆境界。

《還魂草》時期中的重點詩，〈孤峰頂上〉可以算是標竿之作，這首詩蝴蝶所在的空間設計，顯示《孤獨國》時期「以我觀物」的開闊實境，已悄悄轉換爲《還魂草》的「以物觀物」的虛擬情境，契合莊周夢爲蝴蝶的變形、物化之說，在生與死的細縫——可能的空間裡，突破既有的藩籬與限制，深情投注而自在飛翔。這時的空間轉換，不僅是以空間之宏偉：「浩瀚而煥發的夜／靜默在你四周潺潺流動」，去對比「你在濃縮：／盡可能讓你佔據著的這塊時空／

成爲最小」（註五九），不僅是以蝴蝶的謙卑的小，去對比時空的浩瀚與煥發；更以「重生」之「跨越時空」去推展更新的向度：

而在春雨與翡翠樓外
青山正以白髮數說死亡；
數說含淚的金檀木花
和拈花人，以及蝴蝶
自新埋的棺蓋下冉冉飛起的。（註六十）

更進一步，要從流變蟬蛻中進入永恆，那才是時間與空間都可以無窮展放的世界，一無限制的逍遙遊：

擲八萬四千恒河沙劫於一彈指！
靜寂啊，血脈裏奔流著你
當第一瓣雪花與第一聲春雷
將你底渾沌點醒——眼花耳熱

你底心遂繽紛為千樹蝴蝶。（註六一）

「八萬四千恒河沙劫」與「一彈指」，「心」與「千樹蝴蝶」，巨大而不可思議的對比，是流變與永恆的懸殊差異；有如羚羊掛角、無跡可尋的蝶道，是周夢蝶詩中唯一可以查詢的介面，卻也是恍兮惚兮的介面。「一彈指」間，翻湧「八萬四千恒河沙劫」，「八萬四千恒河沙劫」也不過是「一彈指」間；「心」可以繽紛為「千樹蝴蝶」，「千樹蝴蝶」的繽紛也不過是一念之頃、一「心」之醒。流變與永恆，有賴蝴蝶翩翩為之串連，蝴蝶因重生而翩翩，是蟬蛻進入永恆最佳的介面。

《還魂草》時期的蝴蝶，是生與死對立又和諧的雙翅，是入夢大覺死而重生的象徵，更是流變蟬蛻進入永恆的介面。這一時期的空間設計，異於《孤獨國》時期將空間推闊推大至無極無限，以蝴蝶之小寄寓著無限濕冷裡的光與溫暖；《還魂草》時期的空間觀，是在現代主義反身回顧自我、挖掘自我，要在虛無感籠罩下覓得自我的時代風潮裡，周夢蝶審視蝴蝶（亦即審視自我），發現生與死、流變與永恆，都在蝴蝶（亦即自我）的身上可以清晰理會，因而以周遭的兩極性空間設計，凸顯蝴蝶的出入自在。蝴蝶，才是此一時期空間設計之眼。

五 世間翩翩的蝴蝶：後現代的物我溫潤

一般後現代主義論述者，主要強調的焦點都放在技巧的使用，如孟樊所指明，臺灣的後現代詩承襲了不少現代詩的手法與精神，同時也自西方吸取不少概念和理論，獲得很多啓示，因而形成如下特色：寓言、移心、解構、延異、開放形式、複數文本、眾聲喧嘩、崇高滑落、精神分裂、雌雄同體、同性戀、高貴感情喪失、魔幻寫實、文類融合、後設語言、博議、拼貼與混合、意符遊戲、意指失蹤、中心消失、圖象詩、打油詩、非利士汀氣質、即興演出、諧擬、徵引、形式與內容分離、黑色幽默、冰冷之感、消遣與無聊、會話……。（註六一）這是一九九五年孟樊對後現代主義的最初心得。直至二〇〇七年十二月，以〈夏宇的後現代語言詩〉為題的論文中，仍然指出「語言詩派」在英美後現代詩派中所受到的矚目，不只是因為它們反主流，更為重要的是他們造就了獨樹一幟的文本政治的風格。孟樊強調「在對『寫實』不信賴這一點共識上，夏宇轉而擁抱語言（作為符號）本身，則與美國語言詩人如出一轍。」（註六二）換言之，「語言詩學」（the Language Poetics）一直是後現代詩學研究者之重心所在。

如果將後現代詩學之所以興起，轉向精神層面思考，諸如語言詩派（the Language Poets）的技巧使用，原是為了要從現代主義講究機械、數據、標準、精密、完美、高貴、冷峻中解脫而出，因此，後現代主義精神所在，應該是博愛眾生、撤除分際、觀照邊陲、給付溫馨。

美國學者認爲：「後現代理論拒斥統一的、總體化的理論模式，把它視爲啓蒙運動的理性主義神話，……它遮蔽了社會領域內的差異性和多元性，同時在政治上導致了對多元性、多樣性和個體性的壓制，並助長了順從性和同質性。與現代觀點截然相反，後現代主義者肯定不可通約性（incommensurability）、差異性和片段性，視它們爲壓迫性的現代理論形式與現代理性的解毒劑。」（註六四）在這種後現代視境下，正符應走出《孤獨國》、走下《還魂草》〈孤峰頂上〉、進入後現代主義時期的周夢蝶詩作；就周夢蝶而言，所謂「後現代主義時期」是指以《約會》詩集爲中心，往前含括《十三朵白菊花》，往後納入新世紀新詩集《有一種鳥或人》。筆者曾以「引佛語而寄佛理」、「苦世情而悟世理」、「窺禪機而見禪理」的三階段論述周夢蝶的美學成就，（註六五）以蝴蝶詩作而言，在《十三朵白菊花》、《約會》出版之後，更驗證「窺禪機而見禪理」的論述，足以含括周夢蝶詩中佛禪喜樂、無限生機，兼及後現代主義所顯現的人性溫暖。

或許有人會懷疑孤居新店山城的周夢蝶，會刻意認識後現代主義嗎？其實，詩人嗜書如癡，早年在武昌街擺攤售書時，攤架上所陳列的盡是前衛性、現代性濃烈的作品，就是周夢蝶絕不排拒新潮藝術的最佳證明。在《不負如來不負卿》書上，曾記錄他爲摯友林水亭之問「寫實主義與超現實主義之異同」，以「放屁」一事爲例，爲其說解曰：「今若有人焉，深信林黛玉放的屁有藥香或茯苓霜味，而貴妃楊玉環放的有荔枝味：此之謂寫實主義，當無異議。抑若更有人焉，堅持薛（謝）道韞放的屁有雪香或柳絮味而王昭君放的，有琵琶和胡沙味——：此情與想之若或有，而事與理之所必無也。所謂超現實也。」（註六六）可以見出他爲寫實主義與超現實主義所做的思考與理解，幽默風趣而又足以點醒他人。因此，如果說他詩中的蝴蝶，在後現代視境下，翔飛出眞正的滿園子的詩的春意，人性的溫馨，也是勢之必然。

這段時期飜飛在人世間的蝴蝶，有《十三朵白菊花》的〈聞雷〉、〈十三朵白菊花〉、〈九宮鳥的早晨〉、〈不怕冷的冷〉、〈藍蝴蝶〉、〈率然作〉；《約會》裡的〈香頌〉、〈即事——水田鷺鷥〉、〈堅持之必要——光中詞兄七十壽慶〉、〈花，總得開一次——七十自壽兼酬夏宇阿蘋及林翠華〉等十首詩，具有物我圓潤之相。最新詩集《有一種鳥或人》，也有〈四月——有人問起我的近況〉、〈黑蝴蝶的三段論法〉一詩，值得一起感受蝴蝶傳達的衷心喜悅。分述如次：

（一）衆生是另一種蝴蝶

周夢蝶喜歡以蝶自喻，周之爲蝶，蝶之爲周，其實已無法析分或兩離：「我是一隻小蝴蝶/世界老時/我最後老/世界小時/我最先小」。（註六七）甚至於夢蝶之與莊周，莊周之與夢蝶，亦無法析分或兩離：「即使從來不曾在夢裏魚過/鳥過蝴蝶過/住久了在這兒/依然會惚兮恍兮/不其然而然的/莊周起來」。（註六八）

在後現代主義《約會》時期，周夢蝶更將蝶之美好感覺往外投射，古之詩人陶淵明、今之詩人余光中，都是他素所折服的詩人，也都在周詩中輝映著蝴蝶美好的影子。周夢蝶嘗自稱：「忝爲陶公私淑之門牆」，（註六九）研究周夢蝶的專家曾進豐亦明指周夢蝶「對於陶公篤於志節、遺世獨立的精神，傾倒備至；對於其詩文癡迷程度，與東坡、稼軒無分軒輊。」（註七十）認爲陶、周二公無論在生活態度、精神胸襟、生命意識或詩風歸趨上，可說是「古今兩素心人」。（註七一）因此，在〈十三朵白菊花〉裡，周夢蝶雖明言陶淵明未曾與蝶有緣，卻曲折表示自己詩中的蝶與淵明詩中的菊，遙相呼應，令他有著淚中有笑的迷醉感：「淵明詩中無蝶字；／而我乃獨與菊花有緣？／淒迷搖曳中。驀然，我驚見自己：／飲亦醉不飲亦醉的自己／沒有重量不佔面積的自己／猛笑著。在欲晞未晞，垂垂的淚香裏」。（註七二）

對於同屬「藍星詩社」的余光中，周夢蝶從未諱言自己對他的崇敬之心：「我早期的現代詩習作，受余光中先生影響相當大。他每每能指出我詩中的某些缺點，因他對中英文學理論懂得最多，兼又吐屬優雅，有時一言半語，都能令人疑霧頓開，終身受用不盡。」（註七三）因此在余光中七十壽慶，以詩相賀時，即以蝶相喻：「與落霞的紫金色相輝映；／隔岸一影紫蝴蝶／猶逆風貼水而飛；／低低的，低低低低的」，（註七四）以此象徵余光中詩心的堅持，且以尊貴的紫金色與之輝映。

甚至於無所謂尊貴或不尊貴的鄰居小姑娘，周夢蝶也賦予盎然生機，活靈活現於〈九宮鳥的早晨〉。此詩，詩人先寫小蝴蝶的瀟灑英姿，彷彿享受眞愛而無所畏懼的人：「猶似宿醉未醒／闌闌珊珊，依依切切的／一朵小蝴蝶／黑質，白章／遶紫丁香而飛／也不怕寒露／染溼她的裳衣」，次寫小姑娘的無邪、專注：

不曉得算不算是另一種蝴蝶
每天一大早
當九宮鳥一叫
那位小姑娘，大約十五六七歲
（九宮鳥的回聲似的）
便輕手輕腳出現在陽臺上
先是，擎著噴壺
澆灌高高低低的盆栽
之後，便鉤著頭
把一泓秋水似的
不識愁的秀髮
梳了又洗，洗了又梳

且毫無忌憚的
把雪頸皓腕與蔥指
裸給少年的早晨看（註七五）

小蝴蝶與小姑娘，兩者異象而同質——未受污染的心靈，專注的神采，不識愁滋味的的天眞神態。將這樣的特質與陶淵明其人、余光中其詩相比擬，竟可呼應「與莊嚴性、純粹性及個體性等現代主義價値相對立，後現代藝術展現了一種新的隨心所欲、新的玩世不恭和新的折衷主義。……絕大多數的後現代主義藝術卻能在一種多元化的美學風格和美學遊戲中愉快地接受現狀並與之安然共處。」（註七六）隨心所欲，隨遇而安，是《約會》時期的周夢蝶與後現代主義者共通的適然心境。

（二）深情專注是另一種蝴蝶

蝶與花相互爲喻，在《孤獨國》時期，周夢蝶已然開啓以「深情」暗喻「至聖」的創作途徑，蝶與花抵死纏綿是周詩的不二選擇。周夢蝶眉批《石頭記》之作，命名爲《不負如來不負卿》，（註七七）此七字正可視爲詩人一生創作的契機所在，既要不負如來至聖，又要不負卿之至愛，因而一往情深、深情專注以回報，周夢蝶對於佛與愛之深情執著，一絲不苟，體現於個性、生活，也體現於閱讀、（註七八）寫作（其詩、其瘦金體書法）。《不負如來不負卿》書中，曾提及少時日記一則，略謂：「人之大患，莫甚於愛欲。當其有感而發或無風自動，雖顛沛流離之際，難捨綢繆；雨雪道路之中，不忘燕好。人類之所以繁衍綿延，生生不息者以此；人類之所以蠶繭膠漆，轉轉牢固，不得解脫者亦以此。」（註七九）周夢蝶詩中雖然多愛少欲、深之以情淡之以色，但其蠶繭膠漆，轉轉牢固，不得解脫，卻未因此而輕而緩。何況，不負如來不負卿之「卿」，顯然並非單指一人，《風耳樓墜簡》之尺牘達一百五十札以上，《有一種鳥或人》酬答之作佔一半，如此不負人人，如此深切以對人人，情愛因而成為周夢蝶心中沈重的負擔，不得稍減，且無法豁免。

這樣的情深意重，此一時期顯現為花蝶之死吻苦戀。如〈率然作〉即言花有花的不得已，蝴蝶也有蝴蝶的不得已。說「蝶」：「永遠／為『不得已』而尋尋覓覓／而生生世世生生／而將一個又一個春天／而將多少福慧修成的翩翩，一笑／付之於成灰的等閒」；說「花」的謎題是沒有底的：「生怕自己的心跳被蝴蝶聽見／又恨不得天下有耳朵的全是蝴蝶」。因此，「既生而為花／既生而為蝴蝶／你就無所逃於花之所以為花／蝴蝶之所以為蝴蝶了」。（註八十）執著的宿命觀，塑造了周夢蝶其人、其骨、其詩、其字，永遠淡枯瘦瘠。

〈香頌〉仍屬蝶戀花之作，所有的蝴蝶沒有自己的生命，所有的蝴蝶都是為所有的花而活的！決然之意，斷然之語，何其堅定！何其深沈！

蝴蝶沒有自己的生命；
所有的蝴蝶都是爲
所有的花而活的！
……
君不見：所有的蝴蝶
生生世世修溫柔法的蝴蝶
欸！乃不知有冬
更無論梅與雪
五瓣的紅與六瓣的白（註八一）

周夢蝶藉蝶戀花之抵死纏綿，以見其用情之深固不徙。因而啓悟讀者：若非深情專注，則生命將一無所有。

（三）開悟是另一種蝴蝶

開悟，智慧，是所有皈依佛、法、僧者所最期盼的，周夢蝶形容那種如雷之棒喝，令人開悟，彷佛「更纖毫無需著力」就可「擎起」，悟道之狀是以「喔——花雨滿天！／誰家的禾穗生起五隻蝴蝶？」（註八一）加以比擬，藉蝴蝶飛舞的美妙，狀寫悟道的喜悅。

《十三朵白菊花》裡的〈藍蝴蝶〉，《約會》裡的〈即事——水田鷺鷥〉，更進一步表現出開悟後的自在，物與物相接時的融融洽洽、和和諧諧。

〈藍蝴蝶〉中的蝴蝶是物化的我，卻也是蝴蝶之自我，象徵任何個體之自我期許與肯定：「我敢於向天下所有的／以平等待我的眼睛說：／我是一隻小蝴蝶！」彷佛佛陀降世時，一手指天，一手指地：「天上地下，唯我獨尊。」生命的獨立、尊嚴與自信，都在這樣的宣示中得到啓發。〈藍蝴蝶．之一〉即言：雖然藍之外還有藍，飛之外還有飛，雖然蝴蝶還是蝴蝶，一隻不藍於藍、甚至不出於藍的藍蝴蝶，卻創造出屬於自己的天空、屬於自己的藍，蝴蝶即天空、即藍、即飛，即一切。〈藍蝴蝶．之二〉說藍色是比「無限大」大，比「無限小」小，「像來自隔世的呼喚與丁嚀」，「在藍了又藍又藍又藍／不勝寒的蟬蛻之後」，藍蝴蝶與天空一樣，一藍，永藍。其中的「隔世」、「蟬蛻」，又呼應著「重生」、「永生」，生命極大的滿足與歡騰。（註八二）

二十世紀九〇年代《約會》裡的〈即事——水田鷺鷥〉，以萬綠之上的一點白（蝴蝶），不辯而自明：蝶即一切。

只此小小
小小小小的一點白
遂滿目煙波搖曳的綠
不復爲綠所有了（註八四）

〈即事——水田鷺鷥〉，以即目所見領悟「撒手即滿手」，O＝∞（零即無限）的道理，「最最奢侈的狩獵，也是／最最一無所有的狩獵吧！」是我看蝴蝶、蝴蝶看我看世界，逍遙自在的領略。

此一時期的空間設計，不在於「背景」的藍天空或綠水田之大且廣，而在於蝴蝶（或詩人）的「心」承諾了物與物的融洽、諧和，心與心的無垢交會。因此，蝴蝶不僅是一切，在不同的時空中蝴蝶是無限的可能，如〈花，總得開一次——七十自壽兼酬夏宇阿蘋及林翠華〉詩中，周夢蝶相信，在夢的應許下，蝴蝶永遠翱飛在不同的時空裡、時空外：

不同姓不同命而同夢

或映於春波之綠，或遊於廣漠之野
蝴蝶在渡船頭
在幾千年前莊子的枕上
各飛各的（註八五）

因此，在二十一新世紀所創作的蝴蝶詩中，蝴蝶只是一個引子，只扮演點醒、點化的作用，如〈四月——有人問起我的近況〉，說「夢裡不是雨便是風／卻從不曾出現過蝴蝶」，即便如此，卻仍然歡喜孟夏四月有著愚人節兒童節浴佛節潑水節，何節不是喜悅？詩末反問：「誰說人生長恨：水，但見其逝？」（註八六）即使蝴蝶不再出現夢中，詩人看見水之東逝，也隱然看見源頭活水不斷湧現而無憾。〈四月——有人問起我的近況〉說的是夢中不再出現蝴蝶，〈黑蝴蝶的三段論法〉則是標題中有蝴蝶，內文卻一無蝴蝶出現，「附跋」略謂：一九九九年十月十日覃子豪先生逝世三十五週年，詩人與友人赴三峽禮拜覃先生之墓，禮畢，細雨中有一大於掌的黑蝴蝶，側翅倚風，掠其肩三匝而逸。（註八七）事隔五年，詩成之日卻已是二〇〇四年十一月。詩分三段，都有「你說」之語，「你」可以是覃子豪先生、也可以是黑蝴蝶（眾生是另一種蝴蝶）。此三段論法，可以綰結周夢蝶「蝶詩」的共同意涵：

之一：玫瑰，「是要你去愛，去成仙或成灰／而不是要你去閱讀去參究與悟解的」——呼應著「不負卿」的深情。

之二：「我有不復牽挂此世界/也不為此世界所牽挂的歡喜」——此乃「不負如來」（佛家美學）的領悟與喜悅。

之三：「幾曾聞泰山與一拳石比高」？——這是彷彿「無頂的妙高山、無涯的香水海」（註八八）的空間胸懷，唯有這樣的空間才有深情的「逍遙遊」。

學者如此稱頌莊周夢為蝴蝶：「無論從現實或象徵的角度看，中國文學史上，再沒有別的夢比莊子的蝶夢更重要了。莊子的蝴蝶起飛後，中國文學也跟著起飛，翼展擴向八殯外的八紘，八紘外的八極：倉頡在天雨粟、鬼夜哭的時辰創造的文字，開始把時間接疊、把空間屈曲，儵然由實入虛，由虛返實，虛實相生間超越萬期，以至於無窮；莊子的蝴蝶起飛後，現實與非現實的界限泯滅，作家可以隨時走入鏡中，又從鏡中返回現實；就像一月映入千江；再從千江回映天上，還原為一月。」（註八九）周夢蝶的「蝶詩」以一生的創作呼應這種稱頌，也值得我們以這段稱頌頌揚他的「蝶詩」。

六　結語：栩栩然蝴蝶也

蝶有蝶道，詩有詩路，周夢蝶從十五歲開始即與莊周、蝴蝶結下不解的宿緣，發展出蝶道與詩路相互會通、相互牽引的迷人途徑。

從古典的哲學氛圍，基督文化與佛教教義雜揉的孤獨玄思中，周夢蝶的詩任蝴蝶與古典意象齊飛、任蝴蝶與太陽爭光、任蝴蝶與花比美、任蝴蝶與濕冷空間相映襯，蝴蝶成爲巨大孤獨國裡最美好的依靠。其後，《還魂草》寫作時，正是臺灣詩壇現代主義狂飆的時代，所有的詩人無不往內省視自己，孤峰頂上的蝴蝶藉此審視自我，保持詩壇暴風雨中的一方寧靜，維繫自我的清醒，得以讓蝴蝶成爲生與死對立又和諧的雙翅，入夢大覺、死而重生的象徵，同時是流變蟬蛻進入永恆的最佳介面。穿過現代主義的情致與精緻，周夢蝶不再高居於孤冷的峰頂，終於來到後現代的溫熱人間，周夢蝶以最完美的融融圓潤，見證蝶與周齊，蝶與萬物合的哲思，盎然漾起無限生意；以完善而周全的蝴蝶詩，從驚醒的、有形的「蘧蘧然周也」，翔飛出「栩栩然蝴蝶也」的詩境。

余光中曾以爲「希臘人以靈魂爲蝶，自垂死者口中飛出；基督徒以凡軀爲蠋，死而成蝶，是爲靈魂。」(註九十)若是，蝴蝶顯然是周夢蝶詩中的靈魂，翔飛七、八十年而不歇止，從古典、現代到後現代，翔飛出臺灣詩壇稀有而罕見的、令人著迷的意境。

參考文獻

一　周夢蝶詩文集（依出版時間順序排列）

周夢蝶　《孤獨國》　臺北市　藍星詩社（藍星詩叢）　一九五九年

周夢蝶　《還魂草》　臺北市　文星書店　一九六五年
周夢蝶　《還魂草》　臺北市　領導出版社　一九七七年
周夢蝶　《十三朵白菊花》　臺北市　洪範書店　二〇〇二年
周夢蝶　《約會》　臺北市　九歌出版社　二〇〇二年
周夢蝶　《不負如來不負卿》　臺北市　九歌出版社　二〇〇五年
周夢蝶　《周夢蝶詩文集卷一：孤獨國／還魂草／風耳樓逸稿》　新北市　印刻文學生活　二〇〇九年
周夢蝶　《周夢蝶詩文集卷二：有一種鳥或人》　新北市　印刻文學生活　二〇〇九年
周夢蝶　《周夢蝶詩文集卷三：風耳樓墜簡》　新北市　印刻文學生活　二〇〇九年

二　中文書目（依作者姓氏筆畫順序排列）

〔宋〕洪興祖撰　《楚辭補注》　新北市　頂淵文化事業公司　二〇〇五年
〔清〕王先謙　《莊子集解》　劉武　《莊子集解內篇補正》　合刊本　臺北市　漢京文化公司　一九八八年
丁旭輝　《臺灣現代詩中的老莊身影與道家美學實踐》　高雄市　春暉出版社　二〇一〇年
中央研究院中國文哲研究所　《兩岸後現代詩學學術研討會論文集》　臺北市　中央研究院中

國文哲研究所　二〇〇七年
王國維著、滕咸惠校注　《人間詞話新注》　臺北市　里仁書局　一九九四年
羊子喬編　《楊華作品集》　高雄市　春暉出版社　二〇〇七年
孟　樊　《當代臺灣新詩理論》　臺北市　揚智文化公司　一九九五年
邱紫華　《東方美學史》　北京市　商務印書館　二〇〇三年
張海明　《玄妙之境》　長春市　東北師範大學出版社　一九九八年
陳鼓應　《莊子哲學》　臺北市　臺灣商務印書館　一九九九年
黃錦鋐　《新譯莊子讀本》　臺北市　三民書局公司　二〇〇七年
曾進豐　《聽取如雷之靜寂》　臺南市　漢風出版社　二〇〇三年
曾進豐編　《周夢蝶先生年表暨作品、研究資料索引》　新北市　印刻文學生活　二〇〇九年
曾進豐編　《婆娑詩人周夢蝶》　臺北市　九歌出版社　二〇〇五年
黃永武　《中國詩學・設計篇》　臺北市　巨流圖書公司　一九七六年
黃國彬　《莊子的蝴蝶起飛後——文學再定位》（*After Zhuang Zi's Butterfly Took Off: Literature Reoriented*）　臺北市　九歌出版社　二〇〇七年
劉永毅　《周夢蝶——詩壇苦行僧》　臺北市　時報文化出版公司　一九九七年
劉紹瑾　《莊子與中國美學》　廣州市　廣東高等教育出版社　一九九二年
蕭蕭、方明編　《現代詩壇的孫行者——管管作品學術研討會論文集》　臺北市　萬卷樓圖書

公司　二〇〇九年

蕭　蕭　《臺灣新詩美學》　臺北市　爾雅出版社　二〇〇四年

蕭　蕭　《老子的樂活哲學》　臺北市　圓神出版社　二〇〇六年

錢　穆　《莊子纂箋》　臺北市　東大圖書公司　二〇〇四年

錢鍾書　《管錐編》　北京市　中華書局　一九七九年

三　中文篇目（依作者姓氏筆畫順序排列）

姚儀敏　〈以詩的悲哀征服生命悲哀的周夢蝶〉　《中央月刊》第二十五卷第八期　一九九二年八月

曾進豐　〈夢蝶烏托邦——一個思想淵源的考察〉　彰化縣　明道大學「周夢蝶與二十世紀華文文學兩岸三地學術研討會」論文集　二〇〇九年十二月二十日

四　中譯書目

Steven Best & Douglas Kellner（斯蒂文·貝斯特、道格拉斯·凱爾納）　張志斌譯　《後現代理論》（*Postmodern Theory*）　北京市　中央編譯出版社　二〇〇四年

——選自《後現代新詩美學》（臺北市：爾雅出版社　二〇一二年）　頁二三九－二九四

注釋

註一　周夢蝶：〈孤峰頂上〉，《還魂草》（臺北市：領導出版社，一九七七年），頁一三〇－一三三。

註二　周夢蝶：《孤獨國》（臺北市：藍星詩社（藍星詩叢），一九五九年四月），三十二開，共六三頁，絕版已久。周夢蝶：《還魂草》（臺北市：文星書店（文星叢刊一六三），一九六五年七月），四〇開，共一五三頁；新版《還魂草》（臺北市：領導出版社，一九七七年），三十二開，共二〇六頁。

註三　周夢蝶：《十三朵白菊花》（臺北市：洪範書店（洪範文學叢書二九六），二〇〇二年七月），二十五開，二一四頁。周夢蝶：《約會》（臺北市：九歌出版社（九歌文庫六三八），二〇〇二年七月），二十五開，一九二頁；二〇〇六年十月增訂版，加入余光中、羅任玲等專論，增至二〇八頁。此二書同年同月出版，無法分其先後，但《十三朵白菊花》書末附錄〈歲末懷人六帖代後記〉，第六帖書贈「明廷王慶麟兄及其細君橋橋一笑」，提及「出書好比嫁女兒。吉期一日未屆，嫁粧永遠置不齊全；一旦花轎到門，鼓樂聲喧，再不齊全也只好齊全了。」所記日期爲公元二〇〇一年辛巳小除夕。《約會》書後則有〈筆述趙惠謨師教言二則（代後記）〉一文，文末註記「公元二〇〇二年愚人節之又又次日，夢蝶於新店五峰山下時年八十有二。」可以定其出版先後。且，《十三朵白菊花》之作，多完成於民國六〇、七〇年代，《約會》則多民國八〇年代之作，以此得知。

註　四　李奭學：〈花與滿天——評周夢蝶詩集兩種〉，收入曾進豐編：《婆娑詩人周夢蝶》（臺北市：九歌出版社，二〇〇五年），頁二四九。

註　五　奚密：〈修溫柔法的蝴蝶——讀周夢蝶新詩集《約會》和《十三朵白菊花》〉，收入曾進豐編：《婆娑詩人周夢蝶》，頁二五四。此文原載臺北：《藍星詩學》十六期（二〇〇二耶誕號），頁一三六—一四〇，引文見頁一四〇。

註　六　羅任玲：〈自然中的二元對立與和諧——周夢蝶《十三朵白菊花》、《約會》析論〉，收入曾進豐編：《婆娑詩人周夢蝶》，頁二八一。

註　七　周夢蝶：《有一種鳥或人》，《周夢蝶詩文集》（新北市：印刻文學生活，二〇〇九年）。書中作品全爲民國九〇年代，二十一世紀之作。

註　八　周夢蝶：《風耳樓墜簡》（新北市：印刻文學生活，二〇〇九年），收錄一九七〇至一九八六年之尺牘，達一百五十札以上，足見其之一生用情之深與切。

註　九　劉永毅（一九六〇—）：《周夢蝶——詩壇苦行僧》（臺北市：時報文化出版公司，一九九七年），頁二八。

註　十　〔清〕王先謙：《莊子集解》（臺北市：漢京文化公司，一九八八年），頁二六—二七。

註十一　周夢蝶：〈四行八首（四）．夢〉：「喜馬拉雅山微笑著／想起很早很早以前的自己／原不過是一粒小小的卵石／『哦，是一個夢把我帶大的！』」，《周夢蝶詩文集卷一：孤獨國／還魂草／風耳樓逸稿》之《孤獨國》（新北市：印刻文學生活，二〇〇九年），頁九一。本文《孤獨國》之詩稿，均採用此新版本。

註十二　劉永毅：〈周夢蝶生平大事年表〉，《周夢蝶——詩壇苦行僧》，頁二一五。按此大事年表，周夢蝶一九二一年出生於河南省淅川縣馬鐙鄉，一九三一至一九三七進私塾讀四書、詩經，一九三九年十九歲入河南省立開封小學讀一年即畢業，寫作第一首新詩〈春〉十六行，就在此年。

註十三　周夢蝶：〈春〉，引自劉永毅：《周夢蝶——詩壇苦行僧》，頁二九。

註十四　楊華：〈小詩〉，收入羊子喬（楊順明，一九五一－）編：《楊華作品集》（高雄市：春暉出版社，二〇〇七年），頁一－二。〈小詩〉原載於《臺灣民報》一四一號，一九二七年一月二三日。

註十五　錢穆：《莊子纂箋》（臺北市：東大圖書公司，二〇〇四年），頁八。

註十六　清．王先謙：《莊子集解》，劉武：《莊子集解內篇補正》合刊本（臺北市：漢京文化公司，一九八八年），頁七三。

註十七　黃錦鋐：〈知北遊〉，《新譯莊子讀本》（臺北市：三民書局公司，二〇〇七年），頁二九七。

註十八　白靈：〈不際之際，際之不際——管管詩中的生命熱力和時空意涵〉，收入蕭蕭、方明編：《現代詩壇的孫行者——管管作品學術研討會論文集》（臺北市：萬卷樓圖書公司，二〇〇九年），頁一九二－一九五。

註十九　錢鍾書：《管錐編》第四冊（北京市：中華書局，一九七九年），頁一三六五。轉引自張海明：《玄妙之境》（長春市：東北師範大學出版社，一九九八年），頁二八四。

註二十　王國維：《人間詞話》（第三則），王國維著、滕咸惠校注：《人間詞話新注》（臺北市：里仁書局，一九九四年），頁五七－五九。

註二一　王國維著、滕咸惠校注：《人間詞話新注》，頁五八－五九。

註二二　劉紹瑾：《莊子與中國美學》（廣州市：廣東高等教育出版社，一九九二年），頁八四。

註二三　劉紹瑾：《莊子與中國美學》，頁八四－九七。

註二四　陳鼓應：《莊子哲學》（臺北市：臺灣商務印書館，一九九九年），頁二五－三〇。

註二五　周夢蝶：〈霧〉，《周夢蝶詩文集卷一：孤獨國／還魂草／風耳樓逸稿》之《孤獨國》，頁三二－三三。

註二六　屈原：〈離騷〉，〔宋〕洪興祖撰：《楚辭補注》（臺北市：頂淵文化事業公司，二〇〇五年），頁二七。

註二七　周夢蝶：〈向日葵之醒〉（二首之一），《周夢蝶詩文集卷一：孤獨國／還魂草／風耳樓逸稿》之《孤獨國》，頁九四。

註二八　周夢蝶：〈乘除〉，《周夢蝶詩文集卷一：孤獨國／還魂草／風耳樓逸稿》之《孤獨國》，頁四六。亦收入《還魂草》（領導版）（臺北市：領導出版社，一九七七年），頁一八〇。

註二九　葉嘉瑩：〈序〉，周夢蝶：《還魂草》（領導版），頁五。原詩〈菩提樹下〉，見《還魂草》（領導版），頁五八－五九。

註三十　周夢蝶：〈讓〉，《孤獨國／還魂草／風耳樓逸稿》（周夢蝶詩文集）之《孤獨國》，頁二七。亦收入《還魂草》（領導版），頁一四八。

註三一　周夢蝶〈幸福者〉一詩也有類近的詩句：「你是幸福者——／你醉眼朦朧，／把世界緊緊偎抱著／像死吻最後一瓣飛花的春蝶。」此詩發表於一九五四年十一月四日《青年戰士報》副刊，未收入《孤獨國》中，由曾進豐於二〇〇九年輯入《周夢蝶詩文集卷一：孤獨國／還魂草／風耳樓逸稿》之《風耳樓逸稿》中，頁二三一－二三二。

註三二　周夢蝶〈詠蝶〉發表於一九五五年八月十一日《青年戰士報》副刊，〈讓〉發表於一九五七年九月十三日《藍星週刊》一六六期。收入曾進豐編：《周夢蝶先生年表暨作品、研究資料索引》（臺北市：印刻文學生活，二〇〇九年），頁三一、三三。

註三三　周夢蝶：〈詠蝶〉，《周夢蝶詩文集卷一：孤獨國／還魂草／風耳樓逸稿》之《風耳樓逸稿》，頁二四〇。

註三四　周夢蝶：〈孤獨國〉，《周夢蝶詩文集卷一：孤獨國／還魂草／風耳樓逸稿》之《孤獨國》，頁五三－五四。

註三五　曼陀羅花是天界四華（通「花」）之一，天界四華乃顯示瑞兆之花，相傳佛陀入定時，自天上飄墜而下，「天花亂墜」即指此吉兆。橄欖樹為生命之樹，基督教義中橄欖樹葉常用來象徵災難結束、和平到來。玉蝴蝶是指如花似玉的蝴蝶，至美的象徵。

註三六　周夢蝶：《不負如來不負卿》（臺北市：九歌出版社，二〇〇五年），頁一〇九。

註三七　同前註，《不負如來不負卿》，頁四七。

註三八　同前註，《不負如來不負卿》，頁八七。

註三九　施洗者約翰「行在主的前面」，「爲主預備合用的百姓」（〈路加福音〉第一章．第十七節），「預備主的道，修直他的路！」（〈路加福音〉第三章．第四節），和合本《聖經．路加福音》，頁七九、八四。

註四十　邱紫華：〈自序〉，《東方美學史（上卷）》（北京市：商務印書館，二〇〇三年），頁一－十二。

註四一　曾進豐：《聽取如雷之靜寂》（臺南市：漢風出版社，二〇〇三年），頁二二一。

註四二　黃永武：《中國詩學．設計篇》（臺北市：巨流圖書公司，一九七六年），頁九一。此段話爲曾進豐所引，見《聽取如雷之靜寂》，頁二一九。

註四三　曾進豐：《聽取如雷之靜寂》，頁二一九－二二九。

註四四　蕭蕭：《老子的樂活哲學》（臺北市：圓神出版社，二〇〇六年），頁五五－七〇。

註四五　邱紫華：〈印度哲學和古典美學思想的總體特徵〉，《印度古典美學．緒論》（武漢市：華中師範大學出版社，二〇〇六年），頁七。

註四六　同前註，頁十一。

註四七　周夢蝶：〈十月〉，《還魂草》（領導版），頁三六－三七。《周夢蝶詩文集卷一：孤獨國／還魂草／風耳樓逸稿》之《還魂草》，頁一二七－一二八。

註四八　周夢蝶：〈六月〉，《還魂草》（領導版），頁四八－四九。《周夢蝶詩文集卷一：孤獨國／還魂草／風耳樓逸稿》之《還魂草》，頁一三九－一四〇。

註四九　邱紫華：〈印度哲學和古典美學思想的總體特徵〉，《印度古典美學．緒論》，頁七。

註五十　同前註，頁一二。

註五一　周夢蝶：〈六月〉（又題〈雙燈〉），《還魂草》（領導版），頁四四－四五。《周夢蝶詩文集卷一：孤獨國／還魂草／風耳樓逸稿》之《還魂草》，頁一三五－一三六。

註五二　周夢蝶：〈六月〉，《還魂草》（領導版），頁四八－四九。《周夢蝶詩文集卷一：孤獨國／還魂草／風耳樓逸稿》之《還魂草》，頁一三九－一四〇。

註五三　周夢蝶：〈駢指〉，《還魂草》（領導版），頁七〇－七一。《周夢蝶詩文集卷一：孤獨國／還魂草／風耳樓逸稿》之《還魂草》，頁一六〇－一六一。

註五四　周夢蝶：〈失題〉，《還魂草》（領導版），頁八二－八三。《周夢蝶詩文集卷一：孤獨國／還魂草／風耳樓逸稿》之《還魂草》，頁一六九－一七〇。

註五五　周夢蝶：〈關著的夜〉，《還魂草》（領導版），頁一〇八－一一一。《周夢蝶詩文集卷一：孤獨國／還魂草／風耳樓逸稿》之《還魂草》，頁一九五－一九八。

註五六　周夢蝶：〈囚〉，《還魂草》（領導版），頁一一八－一二〇。《周夢蝶詩文集卷一：孤獨國／還魂草／風耳樓逸稿》之《還魂草》，頁二〇四－二〇六。

註五七　邱紫華：〈原始宗教的虛幻思維對詩性思維的催化〉，《東方美學史（上卷）》，第二章，頁七七。

註五八　丁旭輝：《臺灣現代詩中的老莊身影與道家美學實踐》之第六章〈蝶意象的擴張與物化美學的闡揚〉，第一節〈形體的解脫與新生的喜悅〉，有著相似論述，可以參看。（高雄市：春暉出版社，二〇一〇年），頁二二五－二五三。

註五九　周夢蝶：〈失題〉，《還魂草》（領導版），頁八二－八三。《周夢蝶詩文集卷一：孤獨國／還魂草／風耳樓逸稿》之《還魂草》，頁一六九－一七〇。

註六十　周夢蝶：〈孤峰頂上〉，《還魂草》（領導版），頁一三一。《周夢蝶詩文集卷一：孤獨國／還魂草／風耳樓逸稿》之《還魂草》，頁二一七－二一八。

註六一　同前註，頁二一六。

註六二　孟樊：《當代臺灣新詩理論》（臺北市：揚智文化公司，一九九五年），頁二八〇。

註六三　孟樊：〈夏宇的後現代語言詩〉，收入中央研究院中國文哲研究所：《兩岸後現代詩學學術研討會論文集》（臺北市：中央研究院中國文哲研究所，二〇〇七年），頁一五〇－一五一。

註六四　〔美〕StevenBest & Douglas Kellner（斯蒂文·貝斯特、道格拉斯·凱爾納）著、張志斌譯：《後現代理論》（*Postmodern Theory*）（北京市：中央編譯出版社，二〇〇四年），頁五十。

註六五　蕭蕭：〈臺灣新詩的出世情懷——從佛家美學看周夢蝶詩作的體悟〉，《臺灣新詩美學》（臺北市：爾雅出版社，二〇〇四年），頁一三九－一五七。

註六六　周夢蝶：《不負如來不負卿》，頁五〇－五一。

註六七　周夢蝶：〈藍蝴蝶——擬童詩：再貽鶖子〉，《十三朵白菊花》（臺北市：洪範書店，二〇〇二年），頁一四二－一四八。

註六八　周夢蝶：〈不怕冷的冷——答陳媛兼示李文〉，《十三朵白菊花》，頁一一八。

註六九　周夢蝶：〈止酒二十行〉，《周夢蝶詩文集卷二：有一種鳥或人》（新北市：印刻文學生

註七十　活，二〇〇九年），頁五一。〈止酒二十行〉，原載《文訊》二八一期，二〇〇九年三月。

註七一　曾進豐：〈夢蝶烏托邦──一個思想淵源的考察〉前言，彰化：明道大學「周夢蝶與二十世紀華文文學兩岸三地學術研討會」論文集，二〇〇九年十二月二十日，頁一。

註七二　曾進豐：〈夢蝶烏托邦──一個思想淵源的考察〉結語，頁二四。

註七三　周夢蝶：〈十三朵白菊花──附小序〉，《十三朵白菊花》，頁五十－五一。

註七四　姚儀敏：〈以詩的悲哀征服生命悲哀的周夢蝶〉，《中央月刊》第二十五卷第八期（一九九二年八月），頁一三九。

註七五　周夢蝶：〈堅持之必要──光中詞兄七十壽慶〉，《約會》（臺北市：九歌出版社，二〇〇二年），頁一三六。

註七六　周夢蝶：〈九宮鳥的早晨〉，《十三朵白菊花》，頁九七－九八。

註七七　美．斯蒂文．貝斯特、道格拉斯．凱爾納著，張志斌譯：《後現代理論》，頁一五。

註七八　相傳這是六世達賴喇嘛（倉央嘉措，一六八三－一七四五）的詩句：「曾慮多情損梵行，入山又恐別傾城；世間安得雙全法，不負如來不負卿。」引自馬輝（一九六二－）．苗欣宇（一九七六－）：《活佛情史──六世達賴喇嘛倉央嘉措的情詩與眞實》之《倉央嘉措情歌》（古本──曾緘譯）其二十四（臺北市：風雲時代出版公司，二〇一一年），頁八九－一〇七。

《不負如來不負卿》中常將小說人物當作眞人對話，如第十回，抄謄《莊子．應帝王》卒章，「祝願可卿與阿鳳促膝並肩而讀之，思之再思之，庶可省心力，祓不祥，卻病而延年。」（頁三三）。如第二十四回，引印度詩哲泰戈爾之詩「不要因爲峭壁高，便把情愛供在上面了。」期望「美婢林紅玉思之再思之。」（頁六一）。如第二十五回，「敬代賈三姐探春作」偈語四言十二韻，「祝願其母趙及胞弟環終身誦之。庶可以無過矣，可以無大過矣。無過，則福自生矣。懇懇懇懇。」（頁六三）。如第二十九回，「恨余生也晚，不及與賈太夫人相切磋，並向寃家寶黛此無猜之兩小求證耳。」（頁七一）。如第四十二回，集老杜陳后山詩四句二十四字，「舉與畫師賈四小姐互勉。」（頁九七）。如百六回，「父子兼知己，拭目萬人看；情親見今日，相識幾生前？此余集后山陳師道句也。敬望政老前輩寓目，並祝願：勿爲世俗之見所狃，貴所遠而忽所近，則骨肉幸甚，家國幸甚，天下幸甚！」（頁二二七）。

註七九　周夢蝶：《不負如來不負卿》，頁十七。

註八十　周夢蝶：〈率然作〉，《十三朵白菊花》，頁一九九—二〇一。

註八一　周夢蝶：〈香頌——書雲女弟賀年卡「雪梅爭春」小繪後〉，《約會》，頁六六—六七。

註八二　周夢蝶：〈聞雷〉，《十三朵白菊花》，頁一三。

註八三　周夢蝶：〈藍蝴蝶〉，《十三朵白菊花》，頁一四二—一四八。

註八四　周夢蝶：〈即事——水田鷺鷥〉，《約會》，頁九一—九二。

註八五　周夢蝶：〈花，總得開一次——七十自壽兼酬夏宇阿蘋及林翠華〉，《約會》，頁一三九。

註八六　周夢蝶：〈四月——有人問起我的近況〉，《有一種鳥或人》，頁六六—六七。

註八七　周夢蝶：〈黑蝴蝶的三段論法〉，《有一種鳥或人》，頁一一三—一一五。

註八八　周夢蝶：〈藍蝴蝶〉，《十三朵白菊花》，頁一四七。

註八九　黃國彬：《莊子的蝴蝶起飛後——文學再定位》（*After Zhuang Zi's Butterfly Took Off : Literature Reoriented*）（臺北市：九歌出版社，二〇〇七年），頁十－十一。

註九十　余光中：〈蠋夢蝶——贈周夢蝶先生〉，原載《純文學》第二卷第四期（一九六七年十月），後收入曾進豐編：《娑婆詩人周夢蝶》，頁三二二－三二四。

道家美學

——周夢蝶《有一種鳥或人》透露的訊息

摘要

周夢蝶前期詩作深受佛理、禪趣之影響，素爲詩壇所熟知，新世紀詩作則從矜持的哲學中解脫而出，放鬆心思、放鬆自己，因而也放鬆語言，自有一種率眞之眞、從容之美，另有一種塵俗之樂、會心之喜。一如老子美學從《老子》第一章「道可道，非常道」的天道玄思中，逐漸回歸爲第八十、八十一章人間的「安居樂俗」、「聖人不積」的思路歷程。同時也展現出莊子喪我物化，可以泯絕彼此；排遣是非，可以彼我皆是的〈齊物論〉思想。是以周夢蝶詩中一再出現藍蝴蝶、紅蜻蜓、九宮鳥、雀、螢、蝸牛，或飛或走或匍匐，顯示生命各自的尊嚴，並無高下崇卑之分，就其經營生命而言，從天到人的思維，從分際、區隔到相互融攝的生命歷程，從異質、對比之美到共構、合諧之善，周夢蝶最新詩作《有一種鳥或人》所透露的訊息，適足以見證道家美學的精髓，本文寫作將從儒家思維從人到天，道家之探索則由天而人，加以辨識，並以周詩印證；其次，以老莊思想作爲主軸，以周詩及大自然作爲體會之客體，如何由無境、造境而致化境，形塑道家美學，以見其與儒家、佛家相異之特質所在。

關鍵詞

老莊思想、泯絕彼此、彼我皆是、周夢蝶、道家美學

一　前言：市井大隱．簷下詩僧

周夢蝶（周起述，一九二一—），曾高居於現實與想像中孤冷的峰頂，因而拔起於臺灣現代詩壇之上，這時候的代表作品是《孤獨國》（註一）與《還魂草》，（註二）寫作與發表的時代大約是一九五三年至一九六五年，時先生正屬中壯之年，三十三至四十五歲的年紀，根據曾進豐（一九六二—）所編之《周夢蝶先生年表暨作品、研究資料索引》，（註三）這段期間與佛學結緣，大約有兩處，一是一九五三年（三十三歲）五月二十日於《青年戰士報》所發表的第一首詩〈皈依〉，應用佛教專有名詞爲題；一是一九五九年（三十九歲）四月一日在臺北市武昌街一段七號「明星」咖啡屋騎樓下有照開設書攤，專售現代文學、現代詩及「佛學」等書籍。雖然輕描淡寫只兩句話，但已可看出周夢蝶浸淫佛學之早、之專，但仍謙稱眞正知道有佛法、有禪，是一九六六年（四十六歲）初讀南懷瑾（一九一八—二〇一二）《禪海蠡測》（註四）才算開始，這一年已是《還魂草》出版後第二年，此後更持續聽講、閱讀、圈點佛教重要經典《金剛經》、《大智度論》、《指月錄》及《高僧傳》等書。（註五）

所有評論這兩部詩集的論文焦點，大約集中在悲苦、孤獨與禪學上：葉嘉瑩〈序周夢蝶先生的《還魂草》〉、周伯乃〈周夢蝶的禪境〉、翁文嫻〈看那手持五朵蓮花的男子——讀周夢蝶詩集《還魂草》〉、王保雲〈圓融智慧的行者——試談周夢蝶其人其詩〉、馮瑞龍〈周夢蝶作品中的「禪意」〉、余光中〈一塊彩石就能補天嗎？——周夢蝶詩境初窺〉、張俊山〈命運遭際與哲理禪思〉、曾進豐〈論周夢蝶詩的隱逸思想與孤獨情懷〉、洪淑苓〈橄欖色的孤獨——論周夢蝶《孤獨國》〉、林淑媛〈空花水月——論周夢蝶詩中的禪意〉、蕭蕭〈佛家美學特質與周夢蝶詩中的體悟〉、吳當〈感情與禪悟的海——讀《周夢蝶．世紀詩選》〉、落蒂〈孤峰頂上——從《世紀詩選》看周夢蝶的悲苦美學〉，（註六）周夢蝶被塑造為「市井大隱．簷下詩僧」，（註七）長久以來已成為大家共同認可的標籤。

《還魂草》出版後之三十七年，周夢蝶才在二〇〇二年一口氣推出兩部詩集《十三朵白菊花》（註八）與《約會》，（註九）此二書幾乎是為人而作、因人而書，周夢蝶彷彿從孤峰頂上走回溫熱的人世間，與世間人、世間事、世間情、世間物，頻繁約會，交感互動。李奭學（一九五六—）認為「物我或人我不分的現象，構成《約會》和《十三朵白菊花》最獨特的美學。」（註十）奚密（一九五五—）則以為這兩冊詩集是「修溫柔法的蝴蝶」，說詩人深刻體會「情」是「溫馨的不自由」，他勇敢地承受，並喜悅地擁抱。（註十一）年輕詩人羅任玲（一九六三—）也強調：「『自然』不再是周夢蝶悲苦的代言人，而是『道』的化身，邁向溫暖、自由、美和愛的道路。」（註十二）顯然，二十世紀末所寫的這兩部詩集，跟二十世紀中期的《孤獨國》與《還魂草》有著重大的區隔。因此，如果依循著羅任玲所言：「自然」是「道」的化身，那麼，周夢蝶新世紀之後所寫的詩作《有一種鳥或人》，（註十三）或許在佛理、禪悟之外，世情、溫馨之後，另有道家訊息。本文寫作就從這樣的認知開始。

二　從天道玄思中回歸安居樂俗

長期研究宗教、哲學與文化的學者林安梧（一九五七－）曾為儒、釋、道三家做出言簡意賅的分隔，他說：儒家強調的是「敬而無妄」，重在「主體的自覺」；道家主張「靜為躁君」，重在「場域的自然生發」；佛家則是「淨而無染」，重在「真空妙有的自在」。（註十四）如果將林安梧的話濃縮為相對應的三個句子，可以是：

儒家：「敬而無妄」，重在「自覺」；

道家：「靜而無為」，重在「自然」；

佛家：「淨而無染」，重在「自在」。

三句話中有三個同音字（敬、靜、淨），可以將儒、釋、道三家的理念放在同等的位置上評比，當然在「敬」、「靜」、「淨」三個字的衡量中，我們發現道家的「靜」與佛家的「淨」可用互文的方式相親近，「自然」、「自在」合一的詩風格也更能描摹周夢蝶的內在蘊涵。

周夢蝶前期詩作深受佛理、禪趣之影響，素為詩壇所熟知，新世紀出版的三冊詩集（《十三朵白菊花》、《約會》、《有一種鳥或人》）則從孤峰頂上回歸人間，從矜持的哲思中解脫而出，放鬆心思，放鬆自己，因而也放鬆語言，自有一種率真之眞、從容之美，另有一種塵俗之樂、會心之喜。可以呼應老子（李耳，老聃，生卒年不詳）美學，從「道可道，非常道」（《老子》第一章）的天道玄思中，最後回歸爲人間的「安居樂俗」、「聖人不積」（《老子》第八十、八十一章）。同時也展現出莊子（莊周，西元前三六九－二八六年）「喪我」、「物化」，可以泯絕彼此；排遣是非，可以（魂交而爲蝴蝶、形接又爲莊周）彼我皆是的〈齊物論〉思想。所以在這三冊詩集中，一再出現藍蝴蝶、紅蜻蜓、九宮鳥、雀、螢、蝸牛這些小動物、小昆蟲，或飛或走或匍匐，顯示生命各自的尊嚴，卻無高下崇卑之分，就經營生命而言，周夢蝶從天道到人道的思維，從分際、區隔到相互融攝的生命歷程，從異質、對比之美到共構、合諧之善，值得換一個角度，從道家美學出發，凝視周夢蝶及其最新詩集《有一種鳥或人》。

周夢蝶與道家哲理的思考，早從十五歲即已開始，詩人十五歲時因爲閱讀《今古奇觀》裡「莊子鼓盆成大道」的故事，使得從小在拘謹、保守環境中成長，外在形體又受到相當限制的他，心中興起飛向自由天地、自在心境的一份嚮往，巧妙結合自己的姓、性向、理想，因以「周夢蝶」三字爲名。（註十五）

莊周夢爲蝴蝶的故事來自於《莊子．齊物論》，學者認爲這一篇不僅是《莊子》全書、而且是古代典籍中最難讀的一篇，（註十六）全文長篇大論，駁雜難懂，不甚可解，專家學者討論極火，但一般讀者甚少審閱，惟文末的這一節卻又是老少咸宜，普羅大眾都喜歡討論的有趣寓言：

昔者莊周夢爲胡蝶，栩栩然胡蝶也，自喻適志與，不知周也。俄然覺，則蘧蘧然周也。不知周之夢爲胡蝶與，胡蝶之夢爲周與？周與胡蝶，則必有分矣，此之謂物化。(註十七)

莊周當然就是莊子自己，但莊子不用第一人稱的吾或我，反而直指其名，把自己「客觀化」，把自己當作另一個「物」（人物也是物的一種）來看待，這也是另一種「物化」的形態。有趣的是莊周可以夢見自己變作蝴蝶，蝴蝶也可以夢見自己化身爲莊周，莊周與蝴蝶必然是有區隔的，形象與精神都不同，只是當自己是莊周時不知蝴蝶的本然（眞我）爲何，當自己是蝴蝶時也不能理解作爲人的莊周的本然爲何，必須了解或超越這種「物化」以後，才能了然物與物各有各的本然。甚麼是「物化」？「物化」就是「與物無礙，相與而化」。(註十八)這「物化」的結論呼應著〈齊物論〉全文的旨意：萬物的形象、本然（眞我），原來就不能齊同，不設定某一種標準去強分優劣、崇卑，尊重各自的微小差異，這就是莊子文章裡的「齊物之論的可行之處。

在萬物不齊的情況下，如何「物化」？〈齊物論〉首節的「喪我」之說是最好的啓發，有著首尾呼應的功能。

南郭子綦隱几而坐，仰天而噓，荅焉似喪其耦。顏成子游立侍乎前，曰：「何居乎？形固可使如槁木，而心固可使如死灰乎？今之隱几者，非昔之隱几者也？」子綦曰：「偃，不亦善乎，而問之也！今者吾喪我，汝知之乎？汝聞人籟而未聞地籟，汝聞地籟而不聞天籟夫！」（註十九）

南郭子綦在几桌之後打坐，養天調息，全然放鬆，好像身體不存在一樣，他的學生顏成子游隨侍在旁，發現老師這一次的調息打坐跟以往不同，形體如槁木般不動，心念也能像死灰般靜止不動嗎？南郭子綦隨之以天籟之風為喻，說明天地之間風自由穿梭，經過不同的孔竅，自然發出各種不同的聲音，表達「吾喪我」這樣的理念，不要去記掛身體（自我）的存在，純任氣息（靈魂、眞我、本性、自性）自在出入，這時身體寂然不動，心念雖然像死灰，卻有自己的節奏。「喪我」之說有如佛教的「破我執」，《金剛經》所云：「無我相、無人相、無眾生相、無壽者相。」四相眞空了，或者「過去心不可得，現在心不可得，未來心不可得。」三心眞了了，即能破除我執。所以，依〈齊物論〉之論，喪我為先，物化隨後，我與人、人與物，各自尊重，自性、人性、物性，本自相通。周夢蝶《有一種鳥或人》詩集中，極多這種詩作，主題詩作〈有一種鳥或人〉的題目即已隱含此意，或鳥或人，即心即理，周夢蝶一方面引述布穀鳥生蛋，不自孵育，而寄養於鄰巢；鄰巢之母鳥欣欣然夢夢然，亦不疑其非己出，代爲孵育，隱喻現實生活中自己賃屋，友人只收微乎其微的租金。另一方面暗用《詩・召南》：「維鵲有巢，維鳩居之。」的典故，慘笑自己鳩佔鵲巢，有如人形之鳩：

有一種鳥或人
老愛把蛋下在別家的巢裏：
甚至一不做二不休，乾脆
把別家的巢
當作自己的。

而當第二天各大報以頭條
以特大字體在第一版堂皇發布之後
我們的上帝連眉頭一皺都不皺一皺
只管眼觀鼻鼻觀心打他的瞌睡——
想必也認爲這是應該的了！（註二）

此詩第一段嘲諷自己，不知是人，還是鳥，這是人與鳥之間的「物化」；第二段將我們對禪修、打坐「眼觀鼻鼻觀心心觀肚臍」的謔笑語，連接在「上帝」之下，似乎也可視之爲基督與佛祖之間，或聖（基督、佛祖）與凡（謔笑語）之間，打破藩籬，相繫而相連且使之相通，另一種「與物無礙，相與而化」的道家美學。

再看《有一種鳥或人》第一首詩〈擬作〉，是讀金曉蕾、張香華（一九三九－）所譯《我沒有時間了——南斯拉夫當代詩選（一九五〇－一九九〇）》（註二二）所仿擬之作，之一爲〈李白與狗——擬Viasta MIdenvic〉，詩中將中國、唐朝、詩仙與現代、南斯拉夫、詩人，長安與塞爾維亞，人與狗，吠聲與詩歌，完全繫連，緊密如網，疏而不漏，舉其一節，以例其餘：

> 李白呀！東方不老的詩仙呀／請語我：／長安有沒有狗／長安的狗是否和塞爾維亞一樣／看人低。且善吠：／吠聲之高高於／高於你的廣額劍眉與星眸，高於／你的將進酒與行路難，甚至／高於你的不協律與坎坷（註二三）

最後細看《有一種鳥或人》最後一首詩〈善哉十行〉，詩中有「你心裏有綠色／出門便是草」之句，作者引以爲輯四之輯名，顯見周夢蝶對於此句甚爲得意，讀此詩雖不能確知「出門便是草」的主詞是你還是我，但依莊子喪我、物化之大旨，是人亦是草，是你何妨也是我，如此相通相應之「物化」效應，將如詩中所言，只須於悄無人處呼名，只須於心頭一跳一熱，即得相見，而且即是相見：

人遠天涯遠？若欲相見／即得相見。善哉善哉你說／你心裏有綠色／出門便是草。乃至你說／若欲相見，更不勞流螢提燈引路／不須於蕉窗下久立／不須於前庭以玉釵敲砌竹……／若欲相見，只須於悄無人處呼名，乃至／只須於心頭一跳一熱，微微／微微微一熱一跳一熱（註一二）

莊子〈齊物論〉長篇大論之喪我、物化美學觀，或許有賴於「莊周夢蝶」這一小節的美麗寓言而得以揭露於外，宣揚於心，周夢蝶《有一種鳥或人》的「安居樂俗」，或許也可以借用其他方式透露更多道家美學訊息。

三　以水爲意象之棲的道家美學

牟宗三先生（一九〇九－一九九五）解說道家對「自然」兩字的認知，是「一切自生、自在、自己如此，並無『生之』者，並無『使之如此』者。」就如〈齊物論〉中的「風」：「夫大塊噫氣，其名爲風。是唯無作，作則萬竅怒呺。而獨不聞之翏翏乎？山陵之畏隹，大木百圍之竅穴，似鼻、似口、似耳、似枅、似圈、似臼、似洼者、似污者；激者、謞者、叱者、吸者、叫者、譹者、宎者、咬者，前者唱于而隨者唱喁。泠風則小和，飄風則大和，厲風濟則眾竅爲虛。而獨不見之調調，之刁刁乎？」這時的地籟是眾竅穴發出的聲音，人籟是人以氣吹比竹（排簫）的聲音，但天籟呢？「吹萬不同，而使其自己也，咸其自取，怒者其誰邪？」（註二四）莊子所指出的，所謂天籟，是風吹萬種竅穴所發出的各種不同聲音，而使它們發出自己聲音的，是各個竅穴的自然形態所造成，「怒者其誰邪？」發動它們聲音的還有誰呢？換句話說，在風的背後並沒有「生之」者，並沒有「使之如此」者，並沒有「使之怒」者。這才是「自然」。這「自然」不是我們一般人所說的「大自然」：天地、山川、風雨、雷電、草木、蟲魚、鳥獸，因爲「『自然』是一境界，由渾化一切依待對待而至者。此自然方是眞正之自然，自己如此。絕對無待、圓滿具足、獨立而自化、逍遙而自在、是自然義。當體自足、如是如是，是自然義。」（註二五）這是莊子以風爲喻的宇宙觀，是「自然」眞正的內涵：自生、自在、自己如此的原本面貌，所以能得大自在。

莊子以風爲喻，莊子之前的老子則選擇以水無喻。學者認爲老莊之間的差異是老子選擇水的元素，莊子選擇風的元素來立論。（註二六）老子「上善若水」的言論，影響哲學、美學，也影響到政治學的思考。

上善若水。水善利萬物而不爭，處衆人之所惡，故幾於道。居善地，心善淵，與善仁，言善信，正善治，事善能，動善時。夫唯不爭，故無尤。（註二七）

根據吳怡（一九三九－）對「上善若水」的理解，水可以上天而爲雨露，調解生態；水可以入地而爲水分，滋養植物；水可以進入動物體內，促進循環，這是水的第一個特性。水，最爲柔軟，最富彈性，可以淺飲，可以灌溉，入方變方，入圓變圓，這不爭之德，是水的第二個特性。水，不嫌卑濕垢濁，向下流注，這是第三個特性。（註二八）

因此，從感性的文學想像來看：水，可以是小小水滴，也可以是汪洋大海，這其間的比例何其懸殊！水，可以是靜靜水流、潺湲小溪，也可以是滔滔江河、洶湧海洋，這其間的動靜，好像一部長篇小說也說不完似的。水，可以是滯動的液態，可以是堅冰的固態，還可能是水氣的氣態，還有什麼物質擁有這麼多的型態變化？從知性的道德修養來比擬，水可以隨著不同的容器而變化其形，可圓可方，可以是一泓池水、一面大海，也可以是一條溪流、江河，甚至於無所依傍時，從山頂縱落而下，碎散成萬千水花的瀑布！——但是，不論怎樣變遷，水的本質永遠是兩個氫一個氧（H_2O）。水，可以輕易地滲入許多物體之中，又能從許多物體中全身而退，依然保持自我。水，可以將糖、鹽、香料溶解在它的身體之中，仍然可以將自己從糖水、鹽水、香水之中全身而退，不沾不染。（註二九）若是，水可以形成許多意象、意涵與意境，以水作爲意象之棲的詩作，即目可得，極目之後可以更爲通透。

以風與水爲喻，老子和莊子所提倡的自然無爲，所強調的創作自由，爲後世文藝創作提供了崇尚自然、反對雕飾的審美尺度，所謂返樸才能歸眞、雕飾反而失眞，所謂清水出芙蓉、天然去雕飾等，皆可溯源到這種介乎有形與無形的以風與水爲喻的意象。（註三十）

周夢蝶《有一種鳥或人》詩作中，直接以水爲喻的，如〈果爾十四行〉裡的「水之積也不厚其負舟也無力」，（註三一）明引〈逍遙遊〉文句入詩，與「風之積也不厚，則其負大翼也無力」相呼應，莊子在〈逍遙遊〉中以鯤鵬之大暗喻宇宙之大、知之無涯，周夢蝶則以風、水之積也厚，作爲襯托，告訴我們「哲人治國」可以期待（因爲有腐草的地方就會有螢火），但更需要的是大環境的配套措施與無盡的等待（腐草必須自吹自綠自成灰還照夜，才能成螢），以此呼應首二句，果能如是，此山此水此鷗鷺與羊牛就有福了！（註三二）

其次，〈四月——有人問起我的近況〉（註三三）也有兩句詩以水爲喻。早年周夢蝶就常以月份爲題寫詩，他說「孟夏的四月是我的季節」，在這首詩中，他提出四月一號四號八號十三號，正是愚人節兒童節浴佛節潑水節，注意最後兩個節日（浴佛節與潑水節）是與水相關的節慶，表達水兼具潔身與除穢的功能；愚人節兒童節，則是自己心性的剖白，近乎愚直，常保童心。此詩最後一句「誰說人生長恨：水，但見其逝？」更是主題所在，「逝者如斯乎，不捨晝夜」（《論語・子罕》）原爲孔子在川上對時間消逝的感嘆，此處「但見其逝？」的問法，曲折而委婉地表現出：水不僅跟時間一樣不斷地消逝，也跟憾恨一樣長遠存在。

在〈潑墨——步南斯拉夫女作者Simon Simonoivic韻〉中，題目的潑墨，詩篇後段的江河、波高與後浪，實在都與水有所繫聯：

> 自來聖哲如江河不死不老不病不廢／伏羲，衛夫人，蘇髯，米顛／在如椽復如林的筆陣之外／一努五千卷書，一捺十萬里路／風騷啊！拭目再拭目：／一波比一波高！後浪與前朝前前朝（註三四）

伏羲，首畫八卦爲文字之初稿；衛夫人（衛鑠，二七二－三四九年），影響王羲之（三〇三－三六一）的重要書法家；蘇髯（蘇軾，一〇三七－一一〇一）、米顛（米芾，一〇五一－一一〇七）的瀟灑字體，這些代表性的潑墨者留下書法碑帖或奇聞逸事，周夢蝶以「如江河不死不老不病不廢」來形容，所謂「不廢江河萬古流」是也，他所應用的就是水質意象。

整篇以水爲喻的是〈情是何物？——莊子物語之一〉，這首詩探究的是普世的情愛，副標題標誌爲「莊子物語之一」，顯見周夢蝶其實有著續寫莊子物語之二、之三的念頭，老莊思想內化在他的心中不時勃勃而跳，因而這首詩實際上也是鼓舞我撰述〈道家美學〉的潛在緣由之

一。（註三五）

相忘好？抑或
相呴以沫，相濡以濕好？

泉涸。魚相與處於熱沙
且奮力各扇其尾
大張其口
仰天而喘

遠海有濤聲吞吐斷續如雷吼
貝殼的耳朵直直的，悠然
神往於某一女鬼哀怨之清吟：
我的來處無人知曉
我的去處萬有的歸宿
風吹海嘯，無人知曉（註三六）

此詩一開頭即化用《莊子．大宗師》的文句與涵義：「泉涸，魚相與處於陸，相呴以濕，相濡以沫，不如相忘於江湖。與其譽堯而非桀也，不如兩忘而化其道。」（註三七）「相濡以沫，不如相忘於江湖」，這句話是《莊子．大宗師》的要旨所在，「相濡以沫」明指困阨環境時的深情專注、無微不至的呵護，「相忘於江湖」則暗示適意情境下那種自得、忘情，有如在大江大海中的優游與自在。「不如」二字，其實已經在相濡與相忘，孰好孰差之間有所辨識。引申到政事上，譽堯而非桀是儒家思想中的政治正確，但不如不譽也不非，可以兩忘而化合；引申到情事上，相濡不如相忘更能達成快樂，「女鬼哀怨之清吟」就是因爲不能相忘，時時刻刻專注於相濡以沫的深情所造致。此詩以水爲重要背景，煦、沫、濡、濕、涸、海、濤、貝殼、海嘯，是一長串的水質意象。莊子此文、周公此詩，最後攝入的問題都是生死大思辨。周詩中我的來處暗指「生」，萬有的歸宿暗指「死」，既然來處去處都是無人知曉，又何必在這兩極之間苦苦追索？周夢蝶的詩呼應著《莊子．大宗師》的义，借用水意象，從情的領會上，帶入生死學的體悟。

心理學家卡爾．古斯塔夫．榮格（Carl Gustav jung，一八七五－一九六一）將水定爲無意識的象徵：山谷中的湖就是無意識，它潛伏在意識之下，因而常常被稱作「下意識」……水是「谷之精靈」，水是「道」的飛龍……從心理學的角度來說，水變成爲無意識的精神。（註三八）港澳學者鄭振偉（一九六三－）即借用榮格這種觀點：無意識既是一個水的世界，又是一個黑暗的世界，因而以古中國的水神、水官又名「玄冥」，而「玄」「冥」二字均意味著「幽暗」作爲佐證。同時他又發現，水屬陰性，無意識是一個女權世界，而《老子》第六章也說：「谷神不死，是謂玄牝。玄牝之門，是爲天地根。綿綿若存，用之不勤。」(註三九)水、谷神、陰性，自有其相應相合之處，因而確立《老子》一書選擇水作爲道的重要意象的確證。(註四十)古與今、東方與西方、學者與詩人，在以水爲文化、文學之重要意涵或象徵上，竟可以如此不謀而合，相互印證。

四　以渾爲意念之起的道家美學

「水」是水的現在式形象，水的過去式形象會是甚麼樣的面貌？在道家美學中應該就是一個「渾」字。

老子的哲學自成體系，這個體系是由「道」字出發而形成老子的宇宙觀，進而發展出他的生命觀、生活觀，最後形成他的治世哲學、帝王哲學。因此，溯源探本，「道」字的追索是瞭解老子最直接、最基本的方法。「道」是甚麼？《老子》書上有兩章對「道」的解析，頗爲值得玩味。

道，沖而，用之或不盈。

淵兮，似萬物之宗。

湛兮，似或存。（註四一）

孔德之容，惟道是從。

道之爲物，惟恍惟惚。

惚兮恍兮，其中有象；

恍兮惚兮，其中有物；

窈兮冥兮，其中有精；

其精甚眞，其中有信。（註四二）

《老子》第四章用了三個水字邊的「沖」、「淵」、「湛」，「沖」然用來形容濃度極淡，淡到極點，所以才能久遠；「淵」然用來形容深度極深，深到極點，所以未可測知；「湛」然用來形容清澄明透的樣子，清澄明透到極點，好像存在又好像不存在，所以無所不在。第二十一章則有恍兮惚兮、窈兮冥兮這種似無又有、似實還虛、若隱若顯的詞彙，但又很肯定地說：其中有象、有物、有精、有信，這就是老子心中的道，既能生成一切，又可統合一切，但不是一個具體可感的客觀存在。可以用老子自己的話來註解惚恍，《老子》第十四章：「視之不見，名曰夷；聽之不聞，名曰希；搏之不得，名曰微。此三者不可致詰，故混而為一。其上不皦，其下不昧，繩繩兮不可名，復歸於無物。是謂無狀之狀，無物之象，是謂惚恍。迎之不見其首，隨之不見其後。」(註四三)也可以用莊子的話來說明：「視乎冥冥，聽乎無聲。冥冥之中，獨見曉焉；無聲之中，獨聞和焉。故深之又深而能物焉，神之又神而能精焉。故其與萬物接也，至無而供其求，時騁而要其宿。」(註四四)這是視覺上昏昏冥冥，卻有著光明，聽覺上一無所聞，卻彷彿聽到了和音，無比深遠窈冥的所在，似乎有物存在，無比神妙的地方，似乎有著精光。當它與萬物有所接觸，至虛至無卻能滿足萬物的需求。這就是老子對「道」的體認，最重要的觀點是水字邊的「沖」、「淵」、「湛」三個字，以及恍惚窈冥，似有若無，充滿水氣的朦朧美，眞要以一個字來形容老子道的場域、萬物的源頭，結合這些說解，那就是「渾沌」的「渾」吧！

以姜一涵（一九二六—）為代表所編著的《中國美學》，曾為中國美學確立一句基本肯定語：「美就是眞實生命的自然流露」，並且認為儒家美學關懷的重心放在「眞實生命」這一端，道家美學則放在「自然流露」那一頭。同時又將「自然流露」一語，釐析為「自然」與「流露」的另一級次的一體兩端，從「自然」這一端，探討的是道家對美的本質的看法，那就是「和諧」，客觀面顯現為生命的整體和諧狀態，即所謂「渾沌」；而「流露」那一端，探討道家對美的呈現的意見，主觀面顯現為虛靜靈活的心境，呈顯出「觀照」的功能。(註四五)所以，以上善之水作為道家美學的主要意象，「水」是水的現在式形象，上一節已經有所探索；

「渾」是水的過去式形象，是道的源頭，所謂恍惚、窈冥，渾沌、和諧，其景其境，似乎也能逐漸清晰。

中生代研究道家美學的學者將「渾」區分爲三層意義，選擇「渾然一體」、「反虛入渾」、「渾然天成」這三個現成的成語來說解，認爲「渾」之三義都是對「道體」和「體道」狀況的描繪：「首先，它表現爲互攝互入的混同的整體，亦即渾然一體。其次，這個整體是一種自我虛無化的大全，亦即反虛入渾。最後，這個渾同在虛無化中達到究極的眞實，亦即渾然天成。」（註四六）細加分辨，「渾然一體」可以是道的源頭，萬物生成的地方。「反虛入渾」是「體道」狀況的描繪，所謂歸零、回到原點，屬於方法論、實踐的功夫。「渾然天成」則是悟道後的空明境界，呼應著最初的「渾然一體」，但「渾然一體」的時刻顯然還有個體的獨立感、分別性，「渾然天成」則已看不見隙縫，圓融無礙了。

不過，本文是以「水」是水的現在式形象，「渾」是水的過去式形象，而下一節的「游」則是水的未來式形象，以此三字作爲道家美學的基本架構，所以，此處的「渾」應是「渾然一體」的「渾」，是「惚兮恍兮，其中有象」的最初的「道」的渾沌存在。周夢蝶最新詩集《有一種鳥或人》的書寫，有兩種制式的、周夢蝶常用的詞語，足可藉以探討「渾」的最初原貌。

（一）不信、信否、誰能、誰說

櫻桃紅在這裡，不信／櫻桃之心早忐忑在無量劫前的夢裡？（註四七）

信否？匍匐之所在／自有婆娑的淚眼與開張的手臂／在等待。在呼喚（註四八）

不信先有李白而後有／黃河之水。不信／菊花只爲淵明一人開？

不信顏回未出生／已雙鬢皓兮若雪？

誰能使已成熟的稻穗不低垂？／誰能使海不揚波，鵲不踏枝？／誰能使鴨鵝八卦／而，啄木鳥求友的手／不打賈島月下的門？（註四九）

不信神聖竟與恐怖同軌；而／一切乍然，總胚胎於必然與當然？（註五十）

不信：無內與無外同大／而花落與花開同時；／而，後後浪與前前浪／流來流去，總是逝者？（註五一）

不信牆這眞理，是顚撲不破／最後且唯一的？（註五二）

誰說雨不識字，／未解說法？（註五三）

不信，是作者下筆之前心中主觀的不信；「信否？」是疑問修辭裡的「激問」，答案應該也是「不信」；「誰能？」亦屬「激問」，答案當然是「誰也不能」。但在周夢蝶的詩中，卻讓人有將信將疑的不確定感，無法確認正解就在問號的反面。全詩都以這種手法完成的是〈九行二首〉，「不信先有李白而後有／黃河之水。不信／菊花只爲淵明一人開？」這是值得辯證的問題，黃河之水當然先於李白而存在，但如果沒有李白的黃河之水天上來的詩句，誰又會去吟誦（或者說關心）黃河之水？菊花與陶淵明、月亮與李白的關係，不都值得如此三番兩次加以辯證思索？即使面對「誰能使已成熟的稻穗不低垂？／誰能使海不揚波，鵲不踏枝？」幾乎可以立即說「沒有」，但讀詩的人會遲疑、會猶豫，幾番這樣的辯證後，我們會思考「後後浪與前前浪流來流去總是逝者」嗎？這其中有沒有層次、時空、人物、宗派、種族種種的相異性必須加以顧慮。同是以「不信」爲開頭的這兩句，李白句以句點結束，淵明句則以問號作結，顯示「信」與「不信」之間，有著相當多、相當大的可能——這就是「渾」的存在。

「渾」，水的前身，道的原貌，顯然不能以一種具體可感的客觀存在加以定型，不能形塑的「渾」，周夢蝶以「不信」「信否」「誰能」「誰說」拓展出「道」的諸多可能。

(二) 必然與偶然

沖而、淵兮、湛兮、恍兮、惚兮、窈兮、冥兮、水哉、果爾，《老子》書中常用的這些「而」、「兮」、「哉」、「爾」的文言助詞，相當於白話裡的「然」字。因而周夢蝶詩集中常會出現「必然、偶然」這樣的辭彙，以《有一種鳥或人》爲例，就有這許多相連而相對的必然與偶然，值得大家思考。

誰說偶然與必然，突然與當然／多邊而不相等（註五四）
一眼望不到邊／偶然與必然有限與無限（註五五）
不信神聖竟與恐怖同軌；而／一切乍然，總胚胎於必然與當然？（註五六）

顯然，《有一種鳥或人》詩集中，周夢蝶的「然」可以分成兩組：必然、當然／偶然、突然、乍然，只是這兩組詞語出現時，周夢蝶幾乎同時出現「誰說」或「不信」等詞語，世事、人情的發生，到底是偶然或必然，有限或無限？周夢蝶抱著極大的疑惑，不曾作出斷然的選擇。因此，周夢蝶九十歲時明道大學所舉辦的學術研討會中，白靈（莊祖煌，一九五一－）選擇周夢蝶所愛用、擅用、常用、也越用越頻繁的驚嘆號「！」與問號「？」爲焦點，探討他不斷標示的符號背後所欲呈現的生命的偶然與必然、驚駭與疑慮究竟爲何？終於得出這樣的結論：他的生命觀與宇宙觀早期是「驚多於惑」（能量需求快速走高／外在時代影響／偶發機緣），其後是「惑多於驚」（能量需求維持在極高檔／反思求道／生命困境），最後終知人生與宇宙的深義，由其中衍發出「驚惑同觀」（能量需求大爲降低／不假外求／一即一切）的生命美學。（註五七）不過，這驚的次數與惑的次數，或有增減，卻是周夢蝶詩中之所不能或無，周夢蝶面對現實、人性，一直保有這種與「道」相接近的「渾」之初貌，即使是最新的近作《有一種鳥或人》，驚、惑這種現象亦未降低，本質上它們顯現出「水」的原始狀態、水的過去式，近乎「道」或「渾」，人的智慧所不能盡知，終究要拋灑出「道」或「渾」所釀成的諸多可能。

「水」的形象因外在的容器而有所差異或改變，可以親見目睹這種或圓或方，或少或多，或熱或冷，「渾」則不能確知，不能限囿，就如老子所說的「道」：「惚兮恍兮，其中有象；恍兮惚兮，其中有物；窈兮冥兮，其中有精；其精甚眞，其中有信。」在恍惚、窈冥之際，渾然一道體，未可細究。相類近的說詞也出現在《莊子．大宗師》：「夫道，有情有信，無爲無形；可傳而不可受，可得而不可見；自本自根，未有天地，自古以固存；神鬼神帝，生天生地；在太極之先而不爲高，在六極之下而不爲深，先天地生而不爲久，長於上古而不爲老。」

〈註五八〉這種渾然狀態就是道，周夢蝶以不可信、不忍信的言詞去質疑，以必然與偶然、原則與例外、有限與無限之相互可逆，去驚嘆。

五　以游爲意境之極的道家美學

《莊子》中常出現「游」字，「游」「遊」二字可以通用，本文以「渾」「水」「游」三字代表水的過去式、現在式、未來式，因此選用「游」字爲標題。《莊子》以〈逍遙遊〉爲首篇，這是第一次出現「游」，其後「游」字不斷優游在莊子的論述裡。

「若夫乘天地之正，而御六氣之辯，以遊無窮者，彼且惡待哉。」（〈逍遙遊〉）

「乘雲氣，騎日月，而游乎四海之外」（〈齊物論〉）

「且夫乘物以游心，托不得已以養中，至矣！」（〈人間世〉）

「不知耳目之所宜，而游心於德之和。」（〈德充符〉）

「彼方且與造物者爲人，而游乎天地之一氣。」（〈大宗師〉）

「彼，游方之外者也；而丘，游方之內者也。內外不相及。」（〈大宗師〉）

「立乎不測，而游於無有者也。」（〈應帝王〉）

「乘夫莽眇之鳥，以出六極之外，而游無何有之鄉，以處壙埌之野。」（〈應帝王〉）

「汝游心於淡，合氣於漠，順物自然而無容私焉，而天下治矣。」（〈應帝王〉）

「體盡無窮，而游無朕。」（〈應帝王〉）

「挈汝適復之撓撓，以游無端。」（〈在宥〉）

「入無窮之門，以游無極之野。」（〈在宥〉）

「游乎萬物之所終始。」（〈達生〉）

「吾游心於物之初。」（〈田子方〉）

「夫得是，至美至樂也，得至美而游乎至樂，謂之至人。」（〈田子方〉）

「吾所與吾子游者，游於天地。」（〈徐无鬼〉）

莊子所游的空間：無窮者、四海之外、遊乎天地之一氣、方之外者、無有者、無何有之鄉、淡、無朕、無端、無極之野、萬物之所終始、物之初、至樂。這種空間當然不是形體可至的空間，是心、神、靈魂才能飄飛的所在，所以，學者指出：《莊子》書中的「游」常與「心」連用，「游心」即心之游，「游」不是肉體的遠離或飛升，卻是心靈的逍遙、精神的容與。（註五九）更進一步，游是無限的至樂，《莊子》書中有「自適」、「自得」、「自娛」、「自樂」、「自快」之說，都是「游」的意思，「游」的範疇就更爲寬廣而無邊無際了。（註六十）至於詩人的遠游，當然可以回溯到屈原（約西元前三三九－二七八年）的「遠游」，不僅是

〈遠游〉一篇而已，整部《楚辭》幾乎都在神游遠觀，「遠游」反映了一種獨特的人生境界，一種穿透世界的方法，不畏漫漫之長路，上下而求索，是一種精神的遠足，「通過遠游，給寂寞的靈府以從容舒展的空間，在縱肆爛漫中撫慰痛苦之心靈。」（註六一）

周夢蝶新世紀詩集《有一種鳥或人》，自問「顛顛簸簸走了近九十多年的路／畢竟，你是怎樣走過來的？」（註六二）甚至以鞋子的角度發聲，為鞋子叫屈，而鞋子的委屈當然是精神上的委屈：

是不是該換一雙了？／路走得如此羊腸而又澀酸：／我的鞋子從不抱怨！

從不抱怨。我的鞋子只偶爾／有夢。夢到從前。夢到／長安市上的香塵與落葉，娟娟／欲與渭水的秋風比高；／與雁陣一般不知書不識愁／剛剛只寫得個一字或人字的（註六三）

即使寫得是風中小立，周夢蝶遠望的仍然是長遠長遠的天外，一眼望不到邊：

君莫問：惆悵二字該怎麼寫？

看！晚風前的我

手中的拄杖與項下的缽囊

一眼望不到邊

偶然與必然有限與無限（註六四）

《有一種鳥或人》詩集中奇絕的一首詩〈走總有到的時候——以顧昔處說等仄聲字爲韻詠蝸牛〉，以蝸牛的慢爲喻，「自霸王椰足下下下處一路／匍匐而上而上而上直到／與頂梢齊高」，（註六五）此一行程，當然也是一種遠游。《有一種鳥或人》輯三的輯名，引自〈賦格——乙酉二月二十八日黃昏偶過台北公園〉這首詩中的「再也沒有流浪可以天涯了」，（註六六）足見流浪可以理直氣壯，天涯卻是一種遙遠的無盡止處，一生貧困度日的周夢蝶在他的心靈上享受這種自在、至樂，在他的新詩裡不吝與讀者分享道家（特別是莊子）美學中逍遙、遠游的自在、至樂。

明朝憨山大師（一五四七－不詳）曾以佛教徒的身分註解老子《道德經》與《莊子》內篇，在註解〈逍遙遊〉時曾說：「逍遙者，廣大自在之意。即如佛經無礙解脫，佛以斷盡煩惱爲解脫，莊子以超脫形骸、泯絕知巧，不以生人一身功名爲累爲解脫。」（註六七）這樣的聯結，頗值得我們思考佛家與道家美學可能相互匯通的所在，且無損於周夢蝶詩僧之名，無愧於周夢蝶自一九六二年開始禮佛習禪的修行經驗。研究周夢蝶最爲專精深入的曾進豐教授，曾就「人淡如菊，恬靜率真」、「詩多素心語，生命皆平等」、「止酒與不豪飲之間」、「生死的尊嚴與奧義」、「烏托邦的想像與創造」等五個面向，說周夢蝶無往而不自得的生命情調，實與陶淵明（西元三六五－四二七年）相彷彿，悠然、悠閒之情趣，可以和淵明共知共賞，雖然周夢蝶其人其詩「兼融儒、釋、道於一身，然道家委運任化、生死一如的態度，毋寧更愜其心魄。」（註六八）就這一「愜」字，足以道盡周夢蝶與道家美學的會心處。

六　結語：無境造境，臻致化境

本文重點在利用「水」這一意象，連結周夢蝶詩中的道家美學，無意否決周夢蝶學佛習禪所達及的美好境界。且道家美學有許多可以探索的奧妙美境，本文僅站在老子與屈原的楚國文化所常展現的「水文明」（註六九）來立論，企圖扣緊論題，借用水的三式，現在式的水、過去式的渾、未來式的游，發展出一個小型的道家美學架構。

首先以老子的上善若水的話，探究水的實際功能，既可以爲雨露，調解生態；又可以保留水分原貌，滋養植物；還可以在動物體內周游，帶動氣血。看看水的外在形體之啓發，漳動的液態、堅冰的固態、水氣的氣態，既能滲入許多物體之中，又能從許多物體中全身而退，依然保持自我。但是，不論怎樣變遷，水的本質永遠是兩個氫一個氧（H_2O）。其後回頭看水的過去形貌，渾然而似「道」之形象，在恍惚、窈冥之際，顯示道之有情有信。最後論述「水」的未來追求，超越空間的狹窄，超越時間的短暫，穿透世界，窺見本性，無盡期的逍遙之游。

儒家思維從人到天，《論語》一書從〈學而〉到〈堯曰〉，是從實際生活中學習、思考，最後進入聖賢；道家美學則由天而人，如《老子》是由「道可道，非常道」首章，到末二章「安居樂俗」、「聖人不積」爲其歷程；如《莊子》是先懸〈逍遙遊〉爲理想目標，再指出〈齊物論〉、〈養生主〉、〈德充符〉是由此可以企及〈逍遙遊〉的三條路徑，由此三論的覺行，往上可以進入〈逍遙遊〉的境界，往下可以成爲現實裡的「大宗師」，因而影響實際生活裡的〈人間世〉、推展政治事業的〈應帝王〉。（註七十）這是由無境（渾）、造境（水）而致化境（游），形塑出道家美學。周夢蝶的詩作由常用佛典的《孤獨國》與《還魂草》的孤峰頂上，回到人世間《十三朵白菊花》與《約會》的溫暖互動，最近的《有一種鳥或人》是人與微賤萬物（狗、門、草鞋、沉水香、櫻桃、枯葉、高柳、沙發、麻雀、鵝、白骨）的互文與借代，相互解憂，相互沉溉，在心靈深處獲得靜定之安。

參考文獻

一　周夢蝶詩集（依出版時間順序排列）

周夢蝶　《孤獨國》　臺北市　藍星詩社（藍星詩叢）　一九五九年

周夢蝶　《還魂草》　臺北市　文星書店　一九六五年

周夢蝶　《還魂草》　臺北市　領導出版社　一九七七年

周夢蝶　《十三朵白菊花》　臺北市　洪範書店　二〇〇二年
周夢蝶　《約會》　臺北市　九歌出版社　二〇〇二年
周夢蝶　《周夢蝶詩文集卷二：有一種鳥或人》　新北市　印刻文學生活　二〇〇九年

二　中文書目（依作者姓氏筆畫順序排列）

孔智光　《中西古典美學研究》　濟南市　山東大學出版社　二〇〇二年
朱良志　《中國美學十五講》　北京市　北京大學出版社　一九八九年
牟宗三　《才性與玄理》　臺北市　臺灣學生書局　一九八九年
吳　怡　《新譯莊子內篇解義》　臺北市　三民書局公司　二〇〇一年
林安梧　《新道家與治療學——老子的智慧》　臺北市　臺灣商務印書館　二〇一〇年
南懷瑾　《禪海蠡測》　臺北市　老古文化事業公司　一九五五年
姜一涵等　《中國美學》　臺北市　國立空中大學出版　一九九二年
曾進豐編　《娑娑詩人周夢蝶》　臺北市　九歌出版社　二〇〇五年
曾進豐編　《周夢蝶先生年表暨作品、研究資料索引》　新北市　印刻文學生活　二〇〇九年
曾進豐編　《臺灣現當代作家研究資料彙編・十八・周夢蝶》　臺南市　國立台灣文學館　二〇一二年

黃錦鋐　《新譯莊子讀本》　臺北市　三民書局公司　二〇〇三年
榮格　卡爾（Jung, Carl Gustav）著、馮川、蘇克譯　《心理學與文學》　北京市　三聯書店　一九八七年
趙衛民　《莊子的風神：由蝴蝶之變到氣化》　臺北市　聯經出版事業公司　二〇一〇年
劉永毅　《周夢蝶——詩壇苦行僧》　臺北市　時報文化出版公司　一九九七年
劉紹瑾　《莊子與中國美學》　廣州市　廣東高等教育出版社　一九八九年
恙山・靶引、張香華編　金曉蕾、張香華譯　《我沒有時間了——南斯拉夫當代詩選（一九五〇—一九九〇）》　臺北市　九歌出版社　一九九七年
鄭振偉　《道家詩學》　南京市　江蘇人民出版社　二〇〇九年
鄭愁予　《和平的衣缽》　臺北市　周大觀文教基金會　二〇一一年
黎活仁、蕭蕭、羅文玲編　《雪中取火且鑄火爲雪：周夢蝶新詩論評集》　臺北市　萬卷樓圖書公司　二〇一〇年
憨山大師　《老子道德經憨山註・莊子內篇憨山註》　臺北市　新文豐出版公司　一九九三年
蕭　蕭　《老子的樂活哲學》　臺北市　圓神出版社　二〇〇六年
賴賢宗　《意境美學與詮釋學》　北京市　北京大學出版社　二〇〇九年

三　中文篇目（依作者姓氏筆畫順序排列）

白　靈　〈偶然與必然——周夢蝶詩中的驚與惑〉　黎活仁、蕭蕭、羅文玲編　《雪中取火且鑄火為雪：周夢蝶新詩論評集》　臺北市　萬卷樓圖書公司　二〇一〇年

李奭學　〈花與滿天——評周夢蝶詩集兩種〉　曾進豐編　《娑婆詩人周夢蝶》　臺北市　九歌出版社　二〇〇五年

胡月花　〈市井大隱．簷下詩僧——周夢蝶的生命、思維以集創作歷程探討〉　《育達學報》　第一六期　二〇〇二年

奚　密　〈修溫柔法的蝴蝶——讀周夢蝶新詩集《約會》和《十三朵白菊花》〉　曾進豐編　《娑婆詩人周夢蝶》

羅任玲　〈自然中的二元對立與和諧——周夢蝶《十三朵白菊花》、《約會》析論〉　曾進豐編　《娑婆詩人周夢蝶》

楊尙強　〈市井大隱．簷下詩僧〉　《民族晚報》　一九六三年一月十一日

注釋

註　一　周夢蝶：《孤獨國》（臺北市：藍星詩社〔藍星詩叢〕，一九五九年）。

註　二　周夢蝶：《還魂草》（臺北市：文星書店，一九六五年）；《還魂草》（臺北市：領導出版

社，一九七七年）。

註　三　曾進豐編：《周夢蝶先生年表暨作品、研究資料索引》（新北市：印刻文學生活，二〇〇九年）。

註　四　南懷瑾：《禪海蠡測》（臺北市：老古文化事業公司，一九五五年）。

註　五　曾進豐編：《周夢蝶先生年表暨作品、研究資料索引》，頁八－二七。

註　六　曾進豐編：《周夢蝶先生年表暨作品、研究資料索引》，頁七四－七六。

註　七　楊尚強：〈市井大隱・簷下詩僧〉，《民族晚報》（一九六三年一月十一日），報導先生宛如苦修頭陀般的清苦生活，《周夢蝶先生年表暨作品、研究資料索引》，頁一三－一四。胡月花：〈市井大隱・簷下詩僧——周夢蝶的生命、思維以及創作歷程探討〉，《育達學報》第十六期（二〇〇二年十二月）。

註　八　周夢蝶：《十三朵白菊花》（臺北市：洪範書店，二〇〇二年）。

註　九　周夢蝶：《約會》（臺北市：九歌出版社，二〇〇二年）。

註　十　李奭學：〈花與滿天——評周夢蝶詩集兩種〉，收入曾進豐編：《娑婆詩人周夢蝶》（臺北市：九歌出版社，二〇〇五年），頁二四九。

註十一　奚密：〈修溫柔法的蝴蝶——讀周夢蝶新詩集《約會》和《十三朵白菊花》〉，收入曾進豐編：《娑婆詩人周夢蝶》，頁二五四。此文原載《藍星詩學》一六期（二〇〇二耶誕號），頁一三六－一四〇，引文見頁一四〇。

註十二　羅任玲：〈自然中的二元對立與和諧——周夢蝶《十三朵白菊花》、《約會》析論〉，收入曾進豐編：《婆娑詩人周夢蝶》，頁二八一。

註十三　周夢蝶：《周夢蝶詩文集卷二：有一種鳥或人》（臺北市：印刻文學生活，二〇〇九年）。依曾進豐所編《周夢蝶先生年表暨作品、研究資料索引》顯示書中作品全爲民國九〇年代，二十一世紀之新作。

註十四　林安梧：〈序言〉，《新道家與治療學——老子的智慧》（臺北市：臺灣商務印書館，二〇一〇年），頁一六。

註十五　劉永毅（一九六〇－）：《周夢蝶——詩壇苦行僧》（臺北市：時報文化出版公司，一九九七年），頁二八。

註十六　吳怡（一九三九－）：《新譯莊子內篇解義》（臺北市：三民書局公司，二〇〇一年），頁六二。本節有關喪我、物化的見解，參考此書〈齊物論第二〉，頁四三－一一七。

註十七　吳怡：《新譯莊子內篇解義》，頁五一－五二。

註十八　吳怡：《新譯莊子內篇解義》，頁六二。

註十九　吳怡：《新譯莊子內篇解義》，頁四三。

註二十　周夢蝶：〈有一種鳥或人〉，《周夢蝶詩文集卷二：有一種鳥或人》，頁一二五－一二六。

註二一　恙山·弝引、張香華編/金曉蕾、張香華譯：《我沒有時間了——南斯拉夫當代詩選（一九五〇－一九九〇）》（臺北市：九歌出版社，一九九七年）。

註二二　周夢蝶：〈擬作〉之一，《周夢蝶詩文集卷二：有一種鳥或人》，頁二二－二三。

註二三　周夢蝶：〈善哉十行〉，《周夢蝶詩文集卷二：有一種鳥或人》，頁一三五－一三六。

註二四　吳怡：《新譯莊子內篇解義》，頁四三－四四。

註二五　牟宗三：《才性與玄理》（臺北市：臺灣學生書局，一九八九年），頁一九五。

註二六　趙衛民（一九四三－）：《莊子的風神：由蝴蝶之變到氣化》（臺北市：聯經出版事業公司，二〇一〇年），頁一八九－二〇九。

註二七　老子：《老子》第八章，吳怡：《新譯老子解義》（臺北市：三民書局，二〇〇二年），頁四五－四六。

註二八　吳怡：《新譯老子解義》，頁四六－五四。

註二九　蕭蕭：《老子的樂活哲學》（臺北市：圓神出版社，二〇〇六年），頁九四－九六。

註三十　孔智光（一九四三－）：《中西古典美學研究》（濟南市：山東大學出版社，二〇〇二年），頁三一〇。

註三一　周夢蝶：〈果爾十四行〉，《周夢蝶詩文集卷二：有一種鳥或人》，頁八十。

註三二　周夢蝶：〈果爾十四行〉，《周夢蝶詩文集卷二：有一種鳥或人》，頁七九－八十。

註三三　周夢蝶：〈四月——有人問起我的近況〉，《周夢蝶詩文集卷二：有一種鳥或人》，頁六六－六七。

註三四　周夢蝶：〈潑墨——步南斯拉夫女作者SimonSimonoivic韻〉，《周夢蝶詩文集卷二：有一種鳥或人》，頁三一－三二。

註三五　周夢蝶：〈情是何物？——莊子物語之一〉，《周夢蝶詩文集卷二：有一種鳥或人》，頁一一六－一一七。除此詩外，周夢蝶直接標示與《莊子》相關的詩題，還包括《還魂草》裡的

註三六　〈濠上〉（印刻版，頁一〇七—一〇九）、〈逍遙遊〉（印刻版，頁一五五—一五七）。

註三七　周夢蝶：〈情是何物？——莊子物語之一〉，《周夢蝶詩文集卷二：有一種鳥或人》，頁一一六—一一七。

註三八　吳怡：《新譯老子解義》，頁二〇九。

註三九　榮格，卡爾（Jung, Carl Gustav）著、馮川、蘇克譯：〈集體無意識的原型〉，《心理學與文學》（北京市：三聯書店，一九八七年），頁六八。

註四十　吳怡：《新譯老子解義》，頁三六—三七。

註四一　鄭振偉：《道家詩學》（南京市：江蘇人民出版社，二〇〇九年），頁二九—三〇。

註四二　老子：《老子》第四章，吳怡：《新譯老子解義》，頁二三—二四。

註四三　老子：《老子》第二十一章，吳怡：《新譯老子解義》，頁一四三—一四四。

註四四　老子：《老子》第十四章，吳怡：《新譯老子解義》，頁九十—九一。

註四五　莊子：《莊子．天地》，黃錦鋐：《新譯莊子讀本》（臺北市：三民書局公司，二〇〇三年），頁一五〇。

註四六　姜一涵（一九二六—）等：《中國美學》（臺北市：國立空中大學出版社，一九九二年），頁六八。

註四七　賴賢宗（一九六二—）：《意境美學與詮釋學》（北京市：北京大學出版社，二〇〇九年），頁七八。

註四八　周夢蝶：〈無題〉，《周夢蝶詩文集卷二：有一種鳥或人》，頁五四。

註四八　周夢蝶：〈賦格——乙酉二月二十八日黃昏偶過台北公園〉，《周夢蝶詩文集卷二：有一種鳥或人》，頁七四。

註四九　周夢蝶：〈九行二首〉，《周夢蝶詩文集卷二：有一種鳥或人》，頁九一－九三。

註五十　周夢蝶：〈無題十二行〉，《周夢蝶詩文集卷二：有一種鳥或人》，頁九四。

註五一　周夢蝶：〈靜夜聞落葉聲有所思十則——詠時間〉，《有一種鳥或人》，頁一〇〇。

註五二　周夢蝶：〈以刺蝟爲師〉，《周夢蝶詩文集卷二：有一種鳥或人》，頁一〇八。

註五三　周夢蝶：〈急雨即事〉，《周夢蝶詩文集卷二：有一種鳥或人》，頁一一一－一一二。

註五四　周夢蝶：〈無題〉，《周夢蝶詩文集卷二：有一種鳥或人》，頁五四。

註五五　周夢蝶：〈人在海棠花下立——書董劍秋兄攝影後十八行代賀卡〉，《周夢蝶詩文集卷二：有一種鳥或人》，頁七八。

註五六　周夢蝶：〈無題十二行〉，《周夢蝶詩文集卷二：有一種鳥或人》，頁九四。

註五七　白靈：〈偶然與必然——周夢蝶詩中的驚與惑〉，收入黎活仁、蕭蕭、羅文玲編：《雪中取火且鑄火爲雪：周夢蝶新詩論評集》（臺北市：萬卷樓圖書公司，二〇一〇年），頁一一七－一六一。

註五八　莊子：《莊子．大宗師》，吳怡：《新譯老子解義》，頁二〇九。

註五九　劉紹瑾（一九六二－）：《莊子與中國美學》（廣州市：廣東高等教育出版社，一九八九年），頁四二。

註六十　同前註。

註六一　朱良志（一九五五－）：《中國美學十五講》（北京市：北京大學出版社，一九八九年），頁九三。

註六二　周夢蝶：〈山外山斷簡六帖——致闞雲〉之二，《周夢蝶詩文集卷二：有一種鳥或人》，頁四三。

註六三　周夢蝶：〈山外山斷簡六帖——致闞雲〉之三，《周夢蝶詩文集卷二：有一種鳥或人》，頁四四。

註六四　周夢蝶：〈人在海棠花下立——書董劍秋兄攝影後十八行代賀卡〉，《周夢蝶詩文集卷二：有一種鳥或人》，頁七七－七八。

註六五　周夢蝶：〈走總有到的時候——以顧昔處說等仄聲字爲韻詠蝸牛〉，《周夢蝶詩文集卷二：有一種鳥或人》，頁一〇六－一〇七。

註六六　周夢蝶：〈賦格——乙酉二月二十八日黃昏偶過台北公園〉，《周夢蝶詩文集卷二：有一種鳥或人》，頁七四。

註六七　明．憨山大師：《老子道德經憨山註．莊子內篇憨山註》（臺北市：新文豐出版公司，一九九三年），頁一五四。

註六八　曾進豐：〈「今之淵明」周夢蝶——一個思想淵源的考察〉，收入曾進豐編：《臺灣現當代作家研究資料彙編一八．周夢蝶》（臺南市：國立台灣文學館，二〇一二年），頁三二五－三五六。

註六九　鄭愁予（鄭文韜，一九三三－）：《和平的衣缽》（新北市：周大觀文教基金會，二〇一一年）。本詩集榮獲周大觀文教基金會二〇一一年全球生命文學創作獎章，詩中大談中華文化裡的「水文明」。

註七十　吳怡：《新譯老子解義》，頁十一一一。

現代詩作中禪喜與禪悟的可能

——以周夢蝶爲主例

摘要

魏晉以降佛教傳入中土，詩道與禪道逐漸相互融滙，因爲詩與禪是統合感性、知性並超越感性、知性的心靈產物，二者同樣藉由語言、意象而又超越語言、意象以達及神會境界。唐宋絕律時代發展出（僧尼）以詩明禪，（詩人）以禪入詩、以禪喻詩的三個階程，足以使讀者有所體悟。臺灣現代詩時代則只有少數詩人稍有探涉「以禪入詩、以禪喻詩」的可能，其中詩人周夢蝶信奉佛教，修習禪宗，長期誦讀佛經、浸淫佛理，他所創作的「禪詩」是否可以達成禪喜的傳遞、禪悟的點化，與歷代禪詩產生的作用是否顯現相近的頻率，或是旁出一歧的特殊語境，本文將從因物而有理，探測臺灣現代禪詩禪理之所寄；因誤而有喜，觀察臺灣現代禪詩禪喜之形成；因悟而有境，體會臺灣現代禪詩禪境之舒佈，藉周夢蝶之所作，見臺灣禪詩之可能。

關鍵詞

台灣現代禪詩、周夢蝶、禪喜、禪理、禪悟

一　前言：禪與詩的既有之緣

佛教在西漢哀帝元壽元年（西元前二年）傳入中國，爲了適應中國傳習兩千多年的儒家、道家根深蒂固影響下的社會型態、政治文化、民間習俗，必須與中國傳統文化彼此不斷地交攝、互涉，用以褪除印度原有的梵音色彩，型塑中華文化玄學宗氣，其中禪宗堪稱是兼具中、印文化特色的一個最具代表性的佛教宗派。

禪宗，是由印傳佛教轉而爲漢傳佛教的重要宗派之一。印順法師（一九〇六－二〇〇五）所著《中國禪宗史》，其副標題即爲「從印度禪到中華禪」。（註一）印度禪的時代，根據《大梵天王問佛決疑經》卷三的記載，有「拈花微笑」這段公案，頗具文學性格與意象：當時世尊在靈山會上，大梵天王呈奉金波蘿花，世尊靜靜地展示給大眾看，眾皆默然，只有迦葉尊者破顏微笑，世尊云：「吾有正法眼藏，涅槃妙心，實相無相，微妙法門，不立文字，教外別傳，付囑摩訶迦葉。」（拈華品第二），這就是禪宗史上的第一則公案，被視爲禪宗的起源，摩訶迦葉（梵文Mahakasyapa）因而成爲印度禪宗始祖。雖然這則公案在其他禪學重要典籍中無有記載，但就禪與詩而言，這則「拈花微笑」的公案掌握住禪學的精神，詩學的意象，禪學最主要的精神就在「不立文字，教外別傳」，詩學與哲學、禪學最大的不同就在於形象思維，一個拈花、一個微笑，師徒相契的畫面，會讓人感受到以心印心，靈犀相通的愉悅傳達。

印度禪以摩訶迦葉爲禪宗初祖，直傳到第二十八祖菩提達摩（梵名Bodhidharma，不詳－五三五），菩提達摩於梁武帝（蕭衍，四六四－五四九）普通元年（五二〇，一說南朝宋末）渡海來到中國廣東番禺，成爲中國禪宗初祖，衣鉢歷傳慧可（四八七－五九三）、僧璨（約五二六－六〇六）、道信（五八〇－六五一）、弘忍（六〇二－六七五），而至六祖惠能（或作慧能，六三八－七一三）。胡適（一八九一－一九六二）曾在一九三五年寫〈楞伽宗考〉，以《楞伽經》中「漸淨非頓」的思想，認爲由達摩至神秀（六〇六－七〇六，禪宗五祖弘忍大弟子），都奉《楞伽經》爲正統，以漸修漸悟爲方法，直至六祖惠能及其弟子荷澤神會（六八四－七六〇）此一宗派則改以《金剛經》爲禪宗要籍，倡言頓悟，自此才是中國禪的開始，胡適顯然是以漸悟、頓悟作爲印度禪、中國禪的分界線。（註二）

中國禪一般認爲肇始者是一葦渡江、九年面壁的菩提達摩，以菩提達摩爲初祖，但最令人神往的是「菩提本無樹，明鏡亦非台，本來無一物，何處惹塵埃。」（註三）的惠能，此一時期重要的學術研究對象大都放在六祖惠能所開啓的頓悟觀念。惠能之後，禪宗發展爲五宗（潙仰宗、雲門宗、法眼宗、臨濟宗、曹洞宗）、七派（加上臨濟宗下的黃龍派、楊岐派），（註四）這段時間大約是盛唐至南宋初年，詩人王維（七〇一－七六一）、白居易（七七二－八四六）、蘇東坡（一〇三七－一一〇一）、王安石（一〇二一－一〇八六）、黃庭堅（一〇四五－一一〇五）等人都與方丈、禪師有所往來，禪學與詩學相互激盪、交攝、互涉，成就禪與詩的發展巔峰期；詩學探討上也成就嚴滄浪（一一九二—一二四五）的妙悟說、興趣說，王士禛（一六三四—一七一一）的神韻說，沈德潛（一六七三—一七六九）的格調說，袁枚（一七一六—一七九七）的性靈說，王國維（一八七七—一九二七）的境界說，這一脈相傳的詩話、詩學，一躍而爲中國詩學主流。南宋初年臨濟宗大慧宗杲（一〇八九—一一六三）提倡話頭禪，曹洞宗宏智正覺（一〇九一—一一五七）則倡導默照禪，一直到明朝中期，禪宗雖有自己的成熟期，但宗教與文學卻也逐漸分道揚鑣。明朝中葉以後，僧侶專注於唸佛坐禪，禪宗逐漸失去創新、內省、思考的生命力而衰落，明清兩代的文學成就在章回小說與小品文兩種文類，詩的成就既無法超越唐宋，也未能啓迪民國初年新文學運動之後的新詩創作，因而禪師與士人的交往在弘一大師（一八八〇—一九四二）、蘇曼殊（一八八四—一九一八）之後愈見疏離，禪與詩的交鋒逐漸淡而無力，因緣消散中。

二　禪與詩的交攝與互涉

明末憨山德清禪師（一五四六—一六二三）以禪師的立場肯定：「詩乃眞禪也。」（註五）將詩的意念與境界，拉到與禪相類近的高度。清朝漁洋山人王士禛則以禪的悟境等同於詩的化境：「捨筏登岸，禪家以爲悟境，詩家以爲化境，詩禪一致，等無差別。（《居易錄》）」（註六）這些明清詩家「詩禪一致」的言論，應該都是承自宋朝嚴羽《滄浪詩話》的「妙悟論」，《滄浪詩話》以〈詩辯〉爲首，一開始即以禪喻詩：「大抵禪道惟在妙悟，詩道亦在妙悟。」並舉孟襄陽（孟浩然，六八九或六九一－七四〇）與韓退之（韓愈，七六八－八二四）爲例，認爲孟襄陽學力遠在韓退之之下，但其詩獨出退之之上，就因爲「一味妙悟」而已，「惟悟，乃爲當行，乃爲本色。」（註七）其後，嚴羽又提出「興趣說」：「盛唐諸人，惟在興趣，羚羊掛角，無跡可求，故其妙處，透徹玲瓏，不可湊泊，如空中之音，相中之色，水中之月，鏡中之象，言有盡而意無窮。」（註八）這兩段話結合在一起理解，不論是禪道或詩道的妙悟，都要借用有限的語言、物象或符碼，卻也不可被這些有限的語言、物象或符碼所拘囿，應該昇華到自在自如的空靈境界。當代學者在探討詩境與禪境時，也表達了相同的觀感：「從審美活動的角度看，詩歌『意境』的創造就是要超越有限的物象、事件、場景，進入無限的時間和空間，胸羅萬象，思接千古，從而對人生、歷史、宇宙表達一種深刻的感受和領悟；而禪宗境界所要達到的，也是超越虛幻不實的現象界，讓心靈達到萬法皆空的佛境，體會到徹底的自由和解脫。在達到終極之境的過程中，重視凝神靜思，強調『妙悟』，這是詩和禪的共同點。」（註九）也就是說「言有盡」是物象的有限、現實的限制、語言的制約，但透過「妙悟」，卻能達及詩境或禪境徹底拋除這種束縛，獲得極大的自由、完全的解脫。

「言有盡」的慨歎是許多詩人都有的無奈，「意無窮」的期望卻也同時是許多詩人的理想。梅堯臣（一〇〇二－一〇六〇）曾言：「詩家雖率意，而造語亦難，若意新語工，得前人所未道者，斯爲善也。必能狀難寫之景如在目前，含不盡之意見於言外，然後爲至矣。」（註十）曾鞏（一〇一九－一〇八三）也說：「詩當使人一覽語盡而意有餘。」（註十一）蘇軾相信：「言有盡而意無窮者，天下之至言也。」姜夔（一一五五－一二二一）延伸此意，更期望從句到篇都能達到這種至善之境：「句中有餘味，篇中有餘意，善之善者也。」（註十二）當代學者據此而作出結論：這裡的「有餘意」是指藝術家在藝術構思中，由於直覺的觀照與冥想，使攝取的印象包孕了豐富的情感、哲理與聯想。（註十三）也就是說，「言有盡」的言，是指詩人、藝術家所能應用的語言、符碼、物象、線條、音符、或色彩等等；「意無窮」更涵括了感性的情感、情意、情緒，理性的想法、觀念、哲理等等，甚至於要借用方法論裡的「想像」；當代學者所謂的「直覺的觀照與冥想」，不妨對稱式的理解爲嚴羽的「妙悟」。所以，禪，在學者的觀察中，是一種獨特的、以神秘的直覺主義爲特徵的、非理性思維方式。析而言之，具有以下四種特徵：一是非理性的直覺體驗，藉以突破物象或語言的束縛。二是瞬間的頓悟，藉以達到物我兩忘或交融的終極境界。三是不可理喻，常以衝突、矛盾、對比的概念打破慣性、執著、常態，引發悟性。四是活參，理解的過程中具有強烈的獨特性、隨意性、即物體驗性。（註十四）如果將禪的理解，對照我們對詩（特別是格律盡除的現代詩）的認識，兩者之間的關係學者稱之爲「異質同構」，亦即禪境形成與詩境創造：兩者心理活動過程是相近的，兩者都有靈動的生活氣息，都經常借助聯想、象徵與比喻以指向心靈之境，其體悟與抒發都具有獨特、創新、

不可轉移的特質。（註十五）

中國佛教修行的方向都趨向圓融之路，禪宗更強調通過實踐才能通往圓融，論者分析：三論宗是言教運用上的圓融，天臺宗是體相上的圓融，華嚴宗是事相上的圓融，但禪宗則預取前三者的教相而化爲行道上的表現。所以「禪宗不是『說』圓融，而是『行』圓融；不是『教上』的圓融，而是『教外』的圓融了。」（註十六）所謂『說』，所謂『教上』，指的就是語言、文字、符碼，禪與詩都必須借用語言、文字、符碼所形成的意象才能達及圓融，但又深知這些語言、文字、意象有其極限，不能被它們所綑綁，因而僵死於某一特定的意義之下。元好問（一一九〇—一二五七）所說的方外談道不在文字，不離文字；詩家聖處不離文字，不在文字，（註十七）談道、寫詩，意在傳達，當然不離文字，然其意卻也不在文字，這正是詩家的意在言外，禪家則謂之爲教外別傳、講話頭、鬥機鋒，截斷眾流、截斷常識。都因而形成禪語言（包括肢體語言）的特殊樣貌，甚至於語言之外的『棒喝』，藉以走向或飛入『棒喝』後的圓融，『教外』的圓融。

不過，當代學者已開始就「詩禪一致論」提出再省思，他們認爲從唐宋到明代中葉以前，詩禪之間的關係並不對等，宋元詩論家已有「禪／詩」關係類似於「本／末」、「內／外」、「體／用」的位階，（註十八）換句話說，古典詩論者已看出「禪／詩」關係其實是「禪＞詩」，顯示以禪爲主、以詩爲客的偏倚現象，明代中葉以後，禪詩更爲寥落，禪與詩逐漸分離，參禪者仍然以詩記述禪的體驗，寫詩者未必以禪境爲其詩境。

至乎現代新詩，唯有陳仲義（一九四八－）在他的「形態論」詩論集《扇形的展開——中國現代詩學譾論》列有「禪思詩學」（註十九）一門，其他現代詩分類學的作者如古遠清（一九四一－）、孟樊（陳俊榮，一九五九－）、林于弘（筆名方群，一九六六－），均未將之定型、立論。（註二十）陳仲義認爲一九一七年至一九四九年的中國詩壇唯有廢名（馮文炳，一九〇一－一九六七）（註二一）寫作禪詩，其後，臺灣則以周夢蝶（周起述，一九二一－）爲主，另有部分的洛夫（臺灣）和孔孚（山東），（註二二）但他又將「禪思詩學」歸入於「新古典」一派，若是，認爲自己極具前衛性格的超現實主義詩人洛夫（莫洛夫，一九二八－），則將陷入尷尬之境，他願意自己被歸入「新古典」派的「禪思詩學」詩人嗎？洛夫曾主動選輯，於二〇〇三年出版《洛夫禪詩》，但發行不廣，繼之於二〇一一年再添新作增編爲《禪魔共舞》（註二三），顯然珍視自己某些詩作所散發的所謂禪意，但面對「新古典」的分類，將使之卻步，因爲增編的《禪魔共舞》，其副書名是「洛夫禪詩・超現實詩精品選」，超現實主義運動與宣言雖然最早出現於一九二四年，但絕非一般人所習知的注重和諧、單純、統一之美學理念的「新古典」。即使是周夢蝶的詩作多有古典氣息，也未必可以符應新古典之風。因此，臺灣現代禪詩之眞正內涵爲何，詩與宗教是否有所交攝，其深淺之分度與分際，頗值得觀察與探究。

本文將以周夢蝶詩集《孤獨國》、《還魂草》、《十三朵白菊花》、《約會》、《有一種鳥或人》，（註二四）作爲論述、引證之客體，爲臺灣現代禪詩之禪理、禪喜與禪境，做好匯整、觀察與體悟的基礎工作。

三　因物而有理：臺灣現代禪詩之禪理所寄

歷年來學術界大都以佛禪思想看待周夢蝶之詩與詩境，（註二五）包括二〇〇九年十二月明道大學等校所舉辦的「周夢蝶九十壽慶國際學術研討會（International Conference on Zhou Mengdie and Chinese Literature of the Twentieth Century）」，二〇一三年三月臺灣大學所舉辦的「觀照與低迴：周夢蝶手稿、創作、宗教與藝術國際學術研討會（"Poetically He Dwells"—An International Conference on Zhou Mengdie: Manuscripts, Literary Works, Religious Thoughts and the Arts）」，許多與會學者環繞著「文學：宗教義理、生死」而論述。（註二六）印刻版《周夢蝶詩文集》共有三冊，封面摺頁之「關於作者」提及周夢蝶「一九六二年開始禮佛習禪……近年退休在家，研習禪、佛法……周氏詩作頗富禪味、佛味、儒味。」在在提示讀者，從人到詩，周夢蝶隨時隨處無不與佛心相印。

周夢蝶所用來與佛心相印者，到底是什麼？陳仲義在提舉現代詩技藝透析中，特別拈提「禪思」一項，認爲周夢蝶詩作「無不充滿濃郁的禪境、禪理、禪趣、禪機，彷彿是一部篇幅雖小，但內涵幽邃的的現代禪典『注本』。有關禪道的自性、本心、圓融、懸解，都在他詩中找到棲身之所。或者說，其作品的字裡行間無不閃爍著來自禪國淨地種種悅樂、靜虛、入定、澄明空寂的覺悟。」（註二七）因此陳仲義不再繞著自囚般的悲苦意識、超度式的自性覺悟中打轉，期望在方法論中思考，提出周氏思維裡充滿悖論（價值的背迕、語義的牴牾、心物的「偷換」、語境的矛盾，全都指向邏輯意義上的「混亂」），因而藉「消解」以成就禪思，他歸納出來的「消解」是：消解同一律、消解矛盾律、消解排中律、消解充足理由律、消解物我、消解自我等方法。（註二八）陳仲義在高懸周夢蝶禪學成就後，又能提示周氏的「消解」妙法：既不要同、又不求異、且不走中和之路。所謂「消解」，頗似六祖惠能臨滅度前，曾喚門人法海、志誠、法遠、神滙、智常、智通、志徹、志道、法眞、法如等到眼前，教他們在自己滅度後，門人各爲一方師時將如何說法，六祖所付囑的就是要動用三十六對法（無情五對、法相語言十二對、自性起用十九對），即可道貫一切經法，出入即離兩邊。（註二九）丁福保的箋註即點出：「無中間、亦無二邊，即中道也。……心既無二邊，中亦何有哉！得如是者，即名中道。」（註三十）這是《六祖壇經．付囑品》六祖最後的教示，要求門人轉相教授，勿失宗旨：「若有人問汝義，問有將無對，問無將有對，問凡以聖對，問聖以凡對。二道相因，生中道義。」「設有人問何名爲暗，答云：明是因，暗是緣，明沒則暗，以明顯暗，以暗顯明，來去相因，成中道義。」（註三一）周夢蝶所用來與佛心相印者，陳仲義稱之爲「消解」悖論，或許就是這種「中道」義的生成。

但就詩言詩，禪詩之禪理所寄有賴於詩的意象創造，自古詩人無不藉物象以呈現事理，周夢蝶詩作之名句佳篇所以異於人者，就在於他創造了特殊的意象，引人注目，隨詩人玄思而無法輕易忘記。

就歷史的發展來看周夢蝶的意象創造，周夢蝶詩集約略可以分爲三期來觀察，《孤獨國》（一九五九）、《還魂草》（一九六五）合而爲早期周夢蝶形象，親近佛陀，冥想人間，孤獨而悲苦之意象瀰滿詩篇；《十三朵白菊花》（二〇〇二）、《約會》（二〇〇二）則爲中期周夢蝶，此時詩人從孤峰頂上走回溫熱世間，頻頻約會，事事見情。（註三一）《有一種鳥或人》（二〇〇九）則爲詩人新世紀作品，可以視爲近期周夢蝶，是人與微賤萬物（狗、門、草鞋、沉水香、櫻桃、枯葉、高柳、沙發、麻雀、鵝、白骨）的互文與借代，相互解憂，相互沉澱，在心靈深處獲得靜定之安。（註三二）

最早的周夢蝶，類近於一般人意識初分之時，我們看見的是物的兩極、事的兩端，事物總是善惡並陳、錙素同在，但他已將老子「禍兮福之所倚，福兮禍之所伏」（《老子・五十八章》）的哲理，表現在詩中：

一株草頂一顆露珠／一瓣花分一片陽光／聰明的，記否一年只有一次春天？／草凍、霜枯、花冥、月謝／每一胎圓好裏總有缺陷孿生寄藏！
上帝給兀鷹以鐵翼、銳爪、鉤啓、深目／給常春藤以嬝娜、纏綿與執拗／給太陽一盞無盡燈／給蠅蛆蚤虱以繩繩的接力者／給山磊落、雲奧奇、雷剛果、蝴蝶溫馨與哀愁……（註二四）

仔細檢驗這首詩中的物象，詩僅十行，物象何其繁多！草、露珠、花、陽光、草凍、霜枯、花冥、月謝、兀鷹、鐵翼、銳爪、鉤啓、深目、常春藤、太陽、燈、蠅、蛆、蚤、虱、山、雲、雷、蝴蝶，凡二十四種，豈非驗證佛家所言萬物皆有佛性，佛法大意無所不在？唐·明州大梅山法常禪師（釋法常，俗姓鄭，弘法於貞元、開成年間），馬祖弟子，曾有僧人問他：如何是佛法大意？他回答的是：蒲花柳絮竹針麻線。（註二五）雖然例舉不需遍舉，免得死於句下，但周夢蝶的面度、廣度、趣味性，遠勝過禪家甚多，顯然也見證禪家與詩家之所重者相異，詩的形象思維可以活潑化佛法與禪理的枯澀。

較諸古詩，周夢蝶〈乘除〉這首詩的物象展示，其實也跳脫了唐宋禪詩的慣性思考，歐陽修（一〇〇七－一〇七二）《六一詩話》曾提及少時有九位詩僧，與當時進士許洞（字洞夫、淵夫，北宋吳郡人，九七六－一〇一五）分題寫作，許洞拿出一紙，相約不得犯此一字，這些字是：「山水風雲竹石花草雪霜星月禽鳥」之類，諸僧因而擱筆。（註二六）顯然禪詩寫作，唐宋以來總以這些大自然景象爲詩中意象，周詩不可免也在自然界中取材，但「蠅、蛆、蚤、虱」如此卑微的生物，「鐵翼、銳爪、鉤啓、深目」如此細微的觀察，遠遠逸出唐宋禪詩的拈提範疇，值得今人嘆賞。

〈乘除〉詩中「每一胎圓好裏總有缺陷孿生寄藏」，這種圓好與缺陷共同存在的矛盾性句子，在最早的兩冊詩集中所在皆有，以不同的句式顯現不同類型的矛盾，卻成就周夢蝶最爲人傳誦的佳句名篇，時人所反覆傳唱的意象，幾乎都是這種矛盾而又誇張的句子：

是的，也許有一天荊棘會開花／而一夜之間，維納斯的瞎眼亮了……（《孤獨國．錯失》）

這條路好短，而又好長啊／我已不止一次地，走了不知多少千千萬萬年了（《孤獨國．在路上》）

永恆——／剎那間凝駐於「現在」的一點；／地球小如鵝卵，我輕輕地將它拾起／納入胸懷。（《孤獨國．剎那》）

鵬、鯨、蝴蝶、蘭麝，甚至毒蛇之吻，蒼蠅的腳……／都握有上帝一瓣微笑。／我想，我該如何／分解掬獻我大圓鏡般盈盈的膜拜？／／——太陽，不是上帝的獨生子！（《孤獨國．向日葵之醒》）

人在船上，船在水上，水在無盡上／無盡在，無盡在我刹那生滅的悲喜上。（《還魂草・擺渡船上》）

縱使黑暗挖去自己底眼睛……／蛇知道：牠們仍能自水裡喊出火底消息。（《還魂草・六月》）

誰能與雪中取火，且鑄火爲雪？／在菩提樹下。（《還魂草・菩提樹下》）

灼然而又冷然／你底行蹤是風。（《還魂草・穿牆人》）

說火是爲雪而冷的／那無近遠的草色是爲誰而冷的？／宇宙至小，而空白甚大／何處是家？何處非家？（《還魂草・絕響》）

而拂拭與磨洗是苦拙的！／自雷電中醒來／還向雷電眼底幽幽入睡。而且／睡時一如醒時；／碎時一如圓時。（《還魂草・圓鏡》）

燃燈人，當你手摩我頂／靜似奔雷，一隻蝴蝶正爲我／預言著一個石頭也會開花的世紀（《還魂草・燃燈人》）

擲八萬四千恆河沙劫與一彈指！／靜寂啊，血脈裡奔流著你／當第一瓣雪花與第一聲春雷／將你底渾沌點醒——眼花耳熱／你底心遂繽紛爲蝴蝶（《還魂草・孤峰頂上》）

周夢蝶不僅應用眼前可識可觸之物（如：荊棘、開花、維納斯的瞎眼、雪、火等），也借用佛典形而上的抽象之義（如：無盡、刹那、八萬四千恆河沙劫、一彈指等）；不僅同向深化意象（如：拂拭與磨洗是苦拙的），更多的是以反向強化意涵，以相反相對的物象，推湧共生共榮的可能（如：無盡在我刹那生滅的悲喜上，如：牠們仍能自水裡喊出火底消息，如：火是為雪而冷的）。這就是因物而有理，因的是相反相對、互為矛盾之物，周夢蝶所展現的臺灣現代禪詩禪理之所寄。

其中，「雪中取火，且鑄火為雪」，漢學大家葉師嘉瑩（一九二四—）為《還魂草》引為序文主題之後，（註三七）已成為大家所喜愛的周氏佳句。此句，火與雪是相反相對、互為矛盾之物，「雪中取火，且鑄火為雪」又有迴文成詞的修辭效果，類似這種來回往復的思索軌跡，在周夢蝶詩中頗為常見：

> 一切都將成為灰燼，／而灰燼又孕育著一切……（《孤獨國·徘徊》）
>
> 吹一串泡泡底微笑／贈答那微笑——（《還魂草·濠上》）
>
> 而此刻，我清清澈澈知道我底知道。／「他們也有很多很多自己」／他們也知道。而且也知道／我知道他們知道（《還魂草·濠上》）
>
> 是的，至少你還有虛空留存／你說。至少你已懂得什麼是什麼了（《還魂草·十月》）
>
> 枕著不是自己的自己聽／聽隱約在自己之外／而又分明在自己之內的／那六月的潮聲

（《還魂草・六月》）

窺探你。像月在月中窺月／你在你與非你中無言、震慄！（《還魂草・尋》）

季節頂著季節纍纍然來／又纍纍然去了！／你在那裡？你，眼中之眼／一切鑰匙的鑰匙

（《還魂草・絕響》）

回向／渾璞，回向空無而不空無的空無。（《風耳樓逸稿・枕石》）

周而復始，才是眞正無止盡的生之旅途，這種周而復始的句子，一方面傳達了生之悲苦或喜樂的無始無終，一方面卻也讓讀者在兩者之間往復思索而未已。《古尊宿語錄》四十八卷，是晚唐五代至南宋初期的一部禪宗語錄彙編，收集南嶽懷讓（六七七－七四四）至南嶽下十六世佛照德光（俗家姓名彭德光，一一二一－一二〇三）共三十七家禪師言行，書中所錄禪師人數不及《五燈會元》多，但內容繁富則勝之，南嶽一系臨濟宗爲當時最盛的禪宗，收錄最全，其中卷十三、十四爲趙州眞際禪師（俗家姓名郝從諗，曹州郝鄉人，七七八－八九七）之語錄并行狀，其中有一節這樣的記載：

問：「柏樹子還有佛性也無？」

師云：「有。」

云：「幾時成佛？

師云：「待虛空落地。」

云：「虛空幾時落地？」

師云：「待柏樹子成佛。」（註二八）

佛性，眾生皆有，但幾時成佛，何能預知？趙州眞際禪師以柏樹子成佛時、虛空落地時，往復註解，等於無解，但眞的無解嗎？聽者、讀者在來回思考時，或有所覺醒，禪者、詩家之微言深義，就繫於這相對而復相牽繫的細微之物上，周夢蝶所展現的臺灣現代禪詩禪理之所寄，在此。

當然，橫跨二十世紀與二十一世紀的周夢蝶，禪理所寄之物不僅是有生之物，還及於無生之物，因詩人轉化之技藝而生之「誤」，因「誤」接、「誤」引而生之禪喜，比起古典禪詩又多了一些意想之外的禪趣。周夢蝶〈沙發椅子——戲答拐仙高子飛兄問諸法皆空〉這首詩，既符應因物（沙發椅子）而見禪理（諸法皆空）之論述，又有因誤而見禪喜之樂趣，藉著這首詩的分析可以觀察到更多臺灣現代詩的禪喜禪趣。

四　因誤而有喜：臺灣現代禪詩之禪喜觀察

〈沙發椅子——戲答拐仙高子飛兄問諸法皆空〉這首詩原發表於二〇〇二年十月二十一日的《中央日報》，屬於周夢蝶在《十三朵白菊花》（二〇〇二）、《約會》（二〇〇二）出版後的新世紀作品，從題目開始就散發一種令人想笑的情境：

那人纔一動念說：我有
我已有了。

以無量恆河沙數恆沙之沙之名爲名
一發而不可收拾——
棉絮、皮套、刀剪
篾片、釘鐵、僡繩
而規矩而手眼而纏綿
而一旦豁然立地爲今日，如我

斌媚也罷，不斌媚也罷
而已而已的一個名字
——沙發椅子！

攬眾緣爲一緣：
亞歷山大，碧姬芭杜、穆罕默德
——沙發椅子！（註三九）

首段說，我有，我就有了；說的是沙發的有——也是沙發的空。沙發是眾緣的聚合，棉絮、皮套、刀剪、篾片、釘鐵、傌繩等等，再經過規矩、尺寸、手的操作、眼的測量，諸緣纏綿而爲沙發，沙發是有了，但拆解開來，棉絮在、皮套在、刀剪在、篾片在……，這時，沙發何在？首段「那人纔一動念說：我有/我已有了。」彷彿也在暗示：一動念，我沒，我也就沒了。

沙發是Sofa的音譯，周夢蝶卻選擇「以無量恆河沙數恆沙之沙之名爲名/一發而不可收拾——」來拆解，既暗示「沙發」之「沙」是沙非沙，也暗示「眾緣之眾」無可量數，「眾緣之緣」聚聚散散，一發而不可收拾，豈僅「沙發」如此而已！所以「沙發」，也不過是一個音譯之「名」而已，無所謂嫵媚或不嫵媚。亞歷山大、碧姬芭杜、穆罕默德，不也如此——無所謂嫵媚或不嫵媚、無所謂偉大或不偉大——不過是一種（字的）組合、（緣的）聚合！（註四十）

周夢蝶藉無沙無發的「沙發」來點化「緣聚緣散」、「萬法皆空」，自有一種因誤而裎露的禪趣，這樣的機智不完全是在新世紀的作品中才具足顯現，即使是被認爲苦澀的《還魂草》時代也常有揮灑，如〈行到水窮處〉：「行到水窮處／不見窮，不見水——／卻有一片幽香／冷冷在目，在耳，在衣。」（註四一）分置於首尾二段，將「水窮處」析解爲「窮」與「水」是機智、是開悟後的幽默，中間三段寫雲水如情愛之依依的那一片幽香，呼應著不見水（那是雲起）、不見窮（那是心裏有花開的驚喜相遇），更見禪機。如果沒有這中間三段的揮灑，「行到水窮處／不見窮，不見水」，只是語言上耍耍嘴皮子而已，不能稱之爲禪喜。再如〈晚安！小瑪麗〉：「小瑪麗／世界在一顆露珠裏偷偷流淚／晚香玉也偷偷流淚／仙人掌，仙人掌在沙漠裏／／也偷偷流淚。誰曉得／淚是誰底後裔？去年三月／我在尼采底瞳孔裏讀到他／他裝著不認識我／說我愚癡如一枚蝴蝶……」（註四二）這首詩宛如情詩，初讀都以爲「小瑪麗」是女子的暱稱，直到詩末附註，才知是小狗名，此時能不會心一笑？上面所引這兩小節，前節說世界流淚、晚香玉流淚，結束於「仙人掌，仙人掌在沙漠裏。」會讓讀者以爲沙漠乾燥所以仙人掌無淚，但是一頓之後的下一節卻是「也偷偷流淚。」這種跨句（enjambment）分段法，往往讓人一驚一喜，可以讓讀者享受到閱讀現代詩的悅樂與興致。再如《約會》詩集裡的主題詩

〈約會〉，持贈的對象是「每日傍晚與我促膝密談的橋墩」，所以「總是先我一步／到達／約會的地點」，就讓人莞爾。將橋墩與人之間的思念、語言，等同對待：「總是我的思念尚未成熟為語言／他已及時將我的語言／還原為他的思念」，（註四三）這種物我之間的融洽交流及其形成的詩境，恐怕也非古詩、絕律所能企及。

先有因後有果，是正，倒果為因是誤，周夢蝶詩中喜歡倒果為因、撥正為反、或使用倒裝句法，引者誤引而讀者誤讀，一誤再誤，因而產生禪喜或奇趣。

倒果為因者，如〈無題〉之一：「每一滴雨，都滴在它／本來想要滴的所在；而每一滴花都開在／它本來想要開的枝頭上。」（註四四）雨滴花開，水流花謝，本來是天地間的自然現象，不曾有任何承諾或應許（滴的所在、開的地方），但詩人如此敘說，反而充滿生機與禪意，令人欣欣然面對天地、人生。

撥正為反者，如〈止酒二十行〉末段：「酒有九十九失而無一好。／是誰說的？舌長三尺三寸／酒德頌作者之渾家？／嚇！婦人之言如何信得？」（註四五）依題目「止酒二十行」，末段應是結語，呼應止酒之論，「酒有九十九失而無一好」此句以句點結束，理該是最好的結語，但此句振盪而出的末句卻是「嚇！婦人之言如何信得？」撥正為反，整首〈止酒二十行〉唯一的一句止酒之語，也在最後被翻轉了。

使用倒裝句法之詩作較多，舉其一例以為證，〈鑰匙〉之三：「你不妨把枕頭墊得更高一點／安安穩穩地睡吧！／不會有什麼雪亮的匕首／在你的魂夢中飆然閃現的——／只要你不曾攫飲過別人體中的血像蚊子／或者，你有意無意之間／踐踏過別人的影子……」（註四六）前面四句要你高枕無憂，睡得安穩，破折號之後的三句卻是重要的「但書」，倒裝型的句法促使讀者反省：我吃乾抹盡嗎？踐踏別人嗎？心安的鑰匙，詩人所暗示的是自性的清淨——《六祖壇經》的核心觀念。

有些詩例雖無禪意，但反觀《五燈會元》前五祖衣缽相傳之契機，大約以此類反語激發悟性，或許可以視為禪機、禪喜之顯例。

可（慧可）曰：「我心未寧，乞師與安。」祖（達摩祖師）曰：「將心來。與汝安。」可良久曰：「覓心了不可得。」祖曰：「我與汝安心竟。」（註四七）

有一居士（僧璨禪師），年逾四十，不言名氏，聿來設禮。而問祖曰：「弟子身纏風恙，請和尚懺罪。」祖（慧可禪師）曰：「將罪來，與汝懺。」士良久曰：「覓罪不可得。」祖曰：「與汝懺罪竟。宜依佛法僧住。」士曰：「今見和尚，已知是僧，未審何名佛法？」祖曰：「是心是佛，是心是法，法佛無二，僧寶亦然。」（註四八）

隋開皇十二年壬子歲，有沙彌道信（道信禪師），年始十四，來禮祖曰：「願和尚慈悲，乞與解脫法門。」祖（僧璨禪師）曰：「誰縛汝？」曰：「無人縛。」祖曰：「何更求解脫乎？」信於言下大悟。（註四九）

（道信禪師）一日往黃梅縣，路逢一小兒（弘忍禪師），骨相奇秀，異乎常童。祖問曰：「子何姓？」答曰：「姓即有，不是常姓。」祖曰：「是何姓？」答曰：「是佛性。」祖曰：「汝無姓耶？」答曰：「性空，故無。」（註五十）

門徒所問：如何心安？如何懺罪？如何解脫？禪師的回答都在回歸自我，找回本性，不要自尋煩惱，自我纏縛。「性空，故無」的發現，無人綑綁的覺醒，禪宗祖師的衣鉢就是這樣往下遞傳的。周夢蝶或倒果爲因，或撥正爲反，或句法倒裝，正是這種以反語逼視自己、激引悟性的另一種柔性棒喝吧！

禪家常言教外別傳、勘話頭、鬥機鋒，截斷眾流、棄絕常識，因而形成禪語言（包括肢體語言）的特殊樣貌，甚至於語言之外的『棒喝』，藉以走向或飛入『棒喝』後的圓融，『教外』的圓融。現代詩中可以與此對應的，除了周夢蝶這種悟引誤導所達成的趣味令人省思，超現實主義（Surrealism）的技巧也値得斟酌。法國詩人阿波里奈爾（Guillaume Apollinaire, 一八八〇—一九一八）曾言：「當人想模仿走路時，他就創造出輪子，而輪子並不像腿。就這樣他不知不覺地創造出超現實主義。」（註五一）人走路是一種現實的需要，人與腿都是現象界我們所能認知的事物，但輪子發明的當時，輪子的外型與速度，原來是不存在於現實之中卻又那麼眞實地存在，車輪（之圓）不像腿（之直）卻又有腿的作用（移動），甚至於勝過腿的速度與力量，阿波里奈爾藉由這樣的例子說明了超現實主義是來自於現實、超越了現實、更逼近於現實的一種眞實。如果再依布勒東（André Breton，一八九六—一九六六）《超現實主義宣言》所述，超現實主義是純粹的精神自發現象，思想的照實紀錄，不得由理智進行任何監督，亦無任何美學或任何論理學的考慮滲入，他說：「超現實主義的基礎是信仰超級現實；這種現實即迄今遭到忽視的某些聯想的形式。同時也是信仰夢境的無窮威力，和思想能夠不以利害關係爲轉移的種種變幻。它趨於最終地摧毀一切其他的精神結構，並取而代之，以解決人生的主要問題。」（註五二）將這種相信夢囈、潛意識、童言童語、自動寫作、集體遊戲、荒誕、黑色幽默等超現實主義之技巧，（註五三）對應於《六祖壇經》所體現出的那種只可意會，不可言傳，以心傳心，頓悟斷惑的歷程，宗教界人士認爲「從宗教角度看，惠能頓悟是一種快捷簡便的解脫論，通過瞬間覺悟，進入佛的境界，成就解脫；如果從哲學的角度看，惠能之頓悟論則又是一種強調直覺的認識論。這種認識論超越了世俗認識理論中的程式化語言以及記憶、想像、分析、推理、歸納等思維形式，而實現突發性的飛躍。」（註五四）若是，禪與現代主義或超現實主義影響下的現代詩，就有了交攝與互涉的可能。

超現實主義詩人洛夫或許就因爲這種技巧的使用與體認，認爲自己超現實主義傾向之作可以稱之爲禪詩，《禪魔共舞》之副書名標誌爲「洛夫禪詩．超現實詩精品選」，或許就透露出這種詭辯的意圖。中國詩評家沈奇（一九五一－）認爲「洛夫的禪詩，是一種立足於現代之生命象境和存在維度的游心於意，與性空爲本、以禪爲禪而弱化虛化生命詩意與生存追問的傳統禪道，有著本質上的不同。」（註五五）沈奇點出洛夫所謂的禪詩是游心於意（或游心於藝）的作品，其本質與傳統禪詩是不同的，因爲傳統禪道會「弱化、虛化生命詩意與生存追問」。如果這裡的禪道是指著禪師所寫的作品，「弱化、虛化生命詩意」是有可能的，如爲詩人以禪入詩之作，就不會有此憾恨；但「弱化、虛化生存追問」卻不一定正確，因爲「生存追問」不就是禪人、詩人所沉思、追索的生命究極，當沉思、追索生命究極而有所悟得，才可能成就一首偈頌或禪詩。反觀洛夫禪詩，以常爲大家所讚賞的〈金龍禪寺〉爲例，是否眞能深入思索現代人的生命象境或表達存在維度，不無疑問。

晚鐘／是遊客下山的小路／羊齒植物／沿著白色的石階／一路嚼了下去

如果此處降雪

而只見／一隻驚起的灰蟬／把山中的燈火／一盞盞地／點燃（註五八）

第一段寫黃昏降臨，遊客下山。「晚鐘／是遊客下山的小路」，將鐘聲與山路連結，讓人有些驚愕；「羊齒植物／沿著白色的石階／一路嚼了下去」，因「羊齒植物」之「齒」引發「嚼」字動詞的聯想，用來書寫遊客沿著白色石階下山；這兩處或有禪詩的趣味在，閱讀時可以引來喜悅的況味。但第二段獨立存在的一行，相當突兀，「如果」之後，一無所傍，大有仿學禪宗公案截斷眾流、棒喝讀者之意，但缺少相關的情境，讀者無物可悟。第三段寫夏季黃昏灰蟬驚起，路燈也在這時點亮，彷彿是由驚起的灰蟬所點燃，視覺與聽覺意象同時開啓。綜觀全詩，可以視爲生活小品詩的趣味釀造，既缺少「生存追問」，更不用說禪思之所憑藉，可以視之爲有趣的作品，無法認可爲因禪而生喜樂之心的一首詩。

至如洛夫的〈大悲咒與我的釋文〉詩，首次出現時，先臚列佛經〈大悲咒〉原文，（註五七）再附洛夫自己寫的一段「釋文」：「我有三條魚，一條給你，一條給他，一條留給自己。我有三把刀，一刀砍下魚頭，一刀砍下魚尾，另一刀刮在我自己身上，帶血的鱗片紛紛而落。在四月，桃花也是帶血的鱗片，帶血的飄泊。風雨中，野渡無人舟自轉，滴溜溜地轉，轉出一個極大的漩渦，站在漩渦邊往下看，一口好深好深的黑井，裡面藏有三個人，分食三條魚：第一個吃掉了魚鰭，發現自己少了一隻手，第二個吃掉了魚尾，發現自己少了一條腿，第三個吃掉了魚頭，發現自己的頭早已不見。五蘊皆空，大圓滿，大喜悅，大慧覺。我非我，無所有，非想非非想，月落無聲，雪落無聲，我在萬物寂滅中找到了我。我手捧桃花，我啃著魚頭，我笑，滿樹的桃花都在笑，我笑，海裡的魚都在笑，有的在牙縫裡笑，有的在胃酸中笑。妄念未寂，塵境未空，嘴裡的魚骨吐掉還是留在喉嚨裡？吐掉我便一無所有，那就留在喉嚨裡，像一切惡業留在肉身中。大悲大悲，魚骨，血，桃花，是色亦是空。酒是黃昏時回家的一條小路，醒後通向何處？女體把柳條纏綣成煙，把桃樹纏綿成霧，煙消霧散卻忘了歸途。錢財可以買到這個世界，也連帶買了它的悲情。木魚敲破仍是木魚，鐘磬撞碎仍是鐘磬，破碎的心還是心嗎？福報只是深山中像暮靄一般逐漸消失的回聲，起不以生，滅不以盡，塵世畢竟是可愛的，石頭之寶貴全在於它的孤獨，一塊，兩塊，三塊，好多好多塊，都橫梗在世人的心中而形成了一個大寂滅。佛言呵棄愛念，滅絕欲火，而我，魚還是要吃的，桃花還是要戀的。我的佛是存有而非虛空，我的涅槃像一朵從萬斛污泥中升起的荷花，是慾，也是禪，有多少慾便大多少禪。覺觀亂心，如風動水，但涅槃不是我最後的一站，人生沒有終站，只有旅程，大悲大悲，一路都是污血，骸骨，身上爬滿了蛇蠍，蝨子。活著一塊肉，有機物加碳水化合物，死後一堆蛆，雖然不值一顧，而煩惱不來也不去，慾念不即也不離，如要涅槃，多尋煩惱，用活舔乾污血，吞食骸骨，蛇蠍與蝨就讓牠們留在身上，與蛆同居一室，共同鑽營，把我們掏空，一無所有。大悲大悲。」（註五八）讀者或許還有可能從二者天懸地隔、絕無關連的巨大落差中，因無預期之撞擊而覓得無來由的一種恍然之思，雖不能名之爲禪想，勉強牽繫，與禪或有瓜葛或扞格。

可惜此詩第二次出現時，改題爲〈大悲咒〉，（註五九）但無〈大悲咒〉經文，只有洛夫原擬的所謂「釋文」——非有機性的一組文字，而且刪去釋文二字，讓人誤以爲這就是〈大悲咒〉，頗有僭稱之嫌。實則洛夫一九九九年所寫「釋文」，原就與〈大悲咒〉經文無一交涉，既非讀經心得，亦非讀經所悟，洛夫在〈後記〉（註六十）中所述，深知〈大悲咒〉爲佛教消災怯難而誦持的咒語，該咒有音無義，有字無解，因而誤以爲原文本身無意義，也不需要意義，意義反而形成智障。因爲這種誤解，所以根據他個人的「感應」而以意象語寫成釋文，依筆者看，此作既不是咒，也不一定是詩，更不該視之爲「禪詩」，因爲她與禪邈不相涉、與佛邈不相干。

與禪不相涉、與佛不相干，當然不是禪詩。非是學禪、習禪而悟，非因禪思、禪理而得，不必勉強稱之爲「禪詩」。或許就如中國詩評家葉櫓（莫紹裘，一九三六—）在〈詩禪互動的審美效應——論洛夫的禪詩〉中所坦言：「他（洛夫）的『禪』並非游離於『詩』的附加因素，更不可以把他的『禪』理解成對『禪學』的一種回歸。以我（葉櫓）對他的禪詩的閱讀感受，他所吸收的只是一種『禪意』的思辨的靈活性與詭異性。」因此，他認爲洛夫的詩對正宗的禪學而言，無疑是「最大的叛逆」。（註六一）

洛夫論詩喜歡昌言「以小我暗示大我，以有限暗示無限」，認爲這種「暗示性」類似於嚴滄浪的「言外之意」、司空圖的「韻外之致」，接近超現實主義的「想像的飛越」、禪宗的「機鋒」，是透露人的自性與心靈的神祕經驗的最好方法。（註六一）洛夫此言不差，方法或許相近，但自性、心靈的神秘經驗，那種只能感悟不能解說的禪境，畢竟與超現實的詩境有所不同。是以，這種思辨的靈活性與詭異性，讓洛夫與超現實主義的某些詩，因「誤」而產出了一些似禪而非禪的「諧趣」，但終究非「禪喜」，離「禪」甚遠！

五　因悟而有境：臺灣現代禪詩之禪境體會

所謂禪喜，其實是因爲禪思而有所悟，才能獲得禪趣，因禪趣而心中有所欣悅，才足以稱之爲禪喜。試以北宋蘇東坡〈書焦山綸長老壁〉詩爲例：

法師住焦山，而實未嘗住。我來輒問法，法師了無語。
法師非無語，不知所答故。君看頭與足，本自安冠屨。
譬如長鬛人，不以長爲苦。一旦或人問：每睡安所措。
歸來被上下，一夜著無處。展轉遂達晨，意欲盡鑷去。
此言雖鄙淺，故自有深趣。持此問法師，法師一笑許。（註六二）

這是一首充滿禪喜的詩。「法師住焦山，而實未嘗住」是《金剛經》「應無所住而生其心」的暗示，「應無所住」不僅是《金剛經》的核心思想、六祖惠能之所以悟的觸發點，更是是大乘般若空觀的宗法所在，兩個「住」字產生了住居、住持與駐留的分歧雙義，唯有悟覺到萬事不可有所執著，才能有此詩趣。「我來輒問法，法師了無語。法師非無語，不知所答故。」法師不知所答，是因爲禪宗不以言語道斷，必須自我領會才是眞所得。此後，東坡應用《史記‧儒林列傳》轅固生與黃生的爭辯，認爲帽子雖破舊終必頂戴於頭上，鞋子再新也只能穿套在腳底（冠雖敝，必加於首；履雖新，必關於足），以此暗喻萬物各順其所，各安其位，這是佛理更重要的一種領悟，以此去反證以下八句，長鬍子的人如何安置他的鬍子，被裡？被外？這種煩惱不正是自尋的、外來的嗎？原來隨性而安的心，竟然因此而被攪亂。這首詩的喜點雖在長鬍子的人因別人一問而不知如何安置鬍子，甚至於還想一把剪鑷掉所有的鬍子，但如果沒有萬物隨性而安的體悟，無法藉此深趣去反問法師，法師當然微笑不語，仍然不停駐、不執著在某一定點上。

這是因悟而得禪喜，因此禪喜而有禪境。禪境究竟如何？中唐詩人劉禹錫（七七二—八四二）〈論僧詩〉曰：「因定而得境，故翛然以清；由慧而遣詞，故粹然以麗。」（註六四）翛然是無所繫累的樣子，翛然而清是劉禹錫心中所追求的禪境。蘇東坡自述其禪定經驗亦云：「燕坐寂然，心念凝默，湛然如大明鏡，人鬼鳥獸雜陳乎吾前，色聲香味交遘乎吾體。心雖不起而物無不接，接必有道。即千手之出，千目之運，雖未可得見，而理則具矣。」（註六五）心寂然凝默，湛然如鏡，何等超脫的禪意詩境。禪詩寫作因悟而有境，禪境、詩境的尋求是禪詩欣賞所渴望獲得的。如果將劉禹錫、蘇東坡的領會加以滙整，可以歸結出古來禪詩共同的特色：翛然以清，湛然如鏡。以此去反觀王維諸人之作，大抵如是。

王漁洋深契嚴滄浪以禪喻詩之說，曾列舉他所欣賞的唐人五言詩句：「如王裴輞川絕句，字字入禪。他如『雨中山果落，燈下草蟲鳴』、『明月松間照，清泉石上流。』以及太白『卻下水精簾，玲瓏望秋月』；常建『松際露微月，清光猶爲君』；浩然『樵子暗相失，草蟲寒不聞』，劉春虛『時有落花至，遠隨流水香』；妙諦微言，與世尊拈花，迦葉微笑，等無差別，通其解者，可語上乘。（《蠶尾續文》）」（註六六）仔細觀賞這些詩句，或可體會詩作禪境之兩相融通，水乳不分。

詩，如果想要有禪意、禪理，禪思、禪機，禪喜或禪境，詩人先要認得禪。楊惠南（一九四三－）將影響中國禪、特別是南禪的思想傳承，提其綱領爲二，一是《楞伽經》裡的「佛性」思想，一是《般若經》裡的般若思想。（註六七）回到《六祖壇經》認識「佛性」與般若，試看〈疑問品〉的這一段：「自性迷即是眾生，自性覺即是佛。慈悲即是觀音，喜捨名爲勢至，能淨即釋迦，平直即彌陀，人我是須彌，邪心是海水，煩惱是波浪，毒害是惡龍，虛妄是鬼神，塵勞是魚鱉，貪瞋是地獄，愚癡是畜生。」或許可以稱之爲以滅法袪除迷妄，做到：

「除人我，須彌倒；去邪心，海水竭；煩惱無，波浪滅；毒害除，魚龍絕。」（註六八）積極性的做法，則須進一步體會〈般若品〉：「本性是佛，離性無別佛。何名摩訶？摩訶是大。心量廣大，猶如虛空，無有邊畔，亦無方圓大小，亦非青黃赤白，亦無上下長短，亦無瞋無喜，無是無非，無善無惡，無有頭尾。諸佛剎土，盡同虛空。世人妙性本空，無有一法可得，自性眞空亦復如是。善知識！莫聞吾說空，便即著空！第一莫著空！若空心靜坐，即著無記空。善知識！世界虛空，能含萬物色像：日月星宿，山河大地，泉源谿澗，草木叢林，惡人善人，惡法善法，天堂地獄，一切大海，須彌諸山，總在空中。世人性空亦復如是。善知識！自性能含萬法是大，萬法在諸人性中。若見一切人『惡之與善』，盡皆不取不捨，亦不染著，心如虛空，名之爲大，故曰摩訶。」（註六九）這一段是解悟佛禪最可勘入之處，值得多所研參。

南師懷瑾（一九一八—二〇一二）講述《心經修證圓通法門般若正觀略講》，說認識禪宗要能「離四句，絕百非」。「離四句」之說，簡明扼要地掌握了《六祖壇經．般若品》這一段話的要旨，「離四句」，就是要離「空」、離「有」、離「非空非有」、離「即空即有」。他是在講述「色不異空，空不異色，色即是空，空即是色」之後的「受想行識，亦復如是」，提到這四句。（註七十）亦即佛家常在「空、有」二字之中作辯證，一般學者容易落實於此二字、沾滯於此二字，不能有悟。因爲離「有」屬於初階體認，離「空」更上層樓，已不容易，何況是離「非空非有」、「即空即有」，但眞能離此四緣，得此禪悟，那可眞是皓月當空，銀光萬里，禪境美妙無比。

對應以上的禪風，作爲臺灣現代禪詩的創作者，周夢蝶有著許多足以讓人參悟的詩行。如「月輪依地輪而轉，地輪依日輪/日依火，火依風/風依無所依/無所依依無無所依/無無所依依無無無所依……」（《約會．香讚》），（註七一）頗有世界虛空，能含萬物色像，萬物色像又在無所依的虛空中，層層套疊，無有止盡。同樣的離「空」、離「有」、離「非空非有」、離「即空即有」的離四句，表現在《約會．即事——水田鷺艷》這一首詩中，〈即事——水田鷺艷〉（註七二）這首詩寫小小小小的一點白的蝴蝶，飛過滿目煙波搖曳的水田之綠，萬綠田中一點「白」的絕美，是詩人水田之所驚艷，這是「最最奢侈的狩獵，也是/最最一無所有的狩獵吧！」因爲蝴蝶款款而飛於上，「風在下/浩浩淼淼的煙波在下/撒手即滿手」，蝴蝶無所視，亦無所得，蝴蝶撒手而詩人所見之美則滿手，蝴蝶始料不及，詩人自己也始料未及。這是空中有有，有中復空的美；美是有（萬綠中有一點白才是美），美是空（最最奢侈也是最最一無所有的狩獵），空是美（風在下），有是美（蝴蝶款款飛於上而浩浩淼淼的煙波在下），始料未及是空，驚艷卻是有、是美，此一往往復復的空與有，詩人只是舉目所見、即事而寫而已，美卻在其空之中。

這種空與有的辯證，在〈第九種風〉中呈現另一種形態的思緒：「不必說飛，已在百千億劫的雲外。/誰出誰沒？涉過來涉過去又涉過來的/空中鳥跡。第幾次的扶搖？/鷺鷥又回到雪嶺的白夜裡了！／曾在娑羅雙樹下哭泣過的一群露珠／又閃耀在千草的葉尖上了！」（註七三）就空間言，鳥之飛已在雲外，何曾留下痕跡？鳥在空中飛過，卻是由扶搖直上而來，一樣不曾有出沒之跡、涉渡之痕；就時間言，那又是百千億劫之遠，足以讓世尊入涅槃處的娑羅雙樹上的露珠，又閃耀在千草的葉尖上了。不同的時與空，閃現著不同的空與有，我們又能如何辨認、如何說清？

再如「風有風的威勢／花有花的能耐；／／風能戰而不能不戰／花不能戰而能不戰——／／不能不的鼓聲比能不的／二者誰更雄渾而富於說服力？／／不可一世的風，信否？至少有一次／至少有一次，你爲花所敗！」（《約會．集句六帖之三》），（註七四）如「鳥巢裡的鳥，從來／只守望著鳥；麥田裡的麥子／只扶持著麥子」（《約會．癸酉冬續二帖之一》），（註七五）都有蘇東坡物各順其所、各安其位的相似體會。

舉一首周夢蝶早期的詩篇見證這種禪悟之得，這首詩的題目是〈消息〉，一般人把「消息」當作是「訊息」、「音信」解。其實，「消」是盡也、滅也，《易經．泰卦》：「小人道消」是也；「息」是生也、長也，《孟子．告子》：「是其日夜之所息」即此意。《易經》〈豐卦〉第五十五，卦辭揭示：君子有德可以使事業如日中天，豐沛盛大，但彖辭雖言「宜日中、宜照天下」，但也提出警示：「日中則昃，月盈則食，天地盈虛，與時消息，而況於人乎？況於鬼神乎？」（註七六）所以，天的寒暑變化、季候往來，地的陵谷起伏、變遷出入，隨時而有盛衰、消長，隨時而循環不已，這種乾盈爲息、坤虛爲消的生滅盛衰現象，就是「消息」的初義，音信所報無非是報知人事的豐儉得失、順逆吉凶，所以延伸借用「消息」二字。周夢蝶〈消息〉一詩所用，是「乾盈坤虛、生滅盛衰」的本義，明乎此，就可以明白周夢蝶的禪悟之得。

1

上帝是從無始的黑漆漆裏跳出來的一把火，
我，和我的兄弟姊妹們——
星兒們，鳥兒魚兒草兒蟲兒們
都是從祂心裏迸散出來的火花。

「火花終歸是要殞滅的！」
不！不是殞滅，是埋伏——
是讓更多更多無數無數的兄弟姊妹們
再一度更窈窕更夭矯的出發！
從另一個新的出發點上，
從燃燒著絢爛的冥默

與上帝的心一般浩瀚勇壯的
千萬億千萬億火花的灰燼裏。

2

昨夜，我又夢見我死了
而且幽幽地哭泣著，思量著
怕再也難得活了

然而，當我鈎下頭想一看我的屍身有沒有敗壞時
卻發現：我是一叢紅菊花
在死亡的灰燼裏燃燒著十字（註七七）

〈消息〉第一節，將自己與萬千的星兒、鳥兒、魚兒、草兒、蟲兒們，等同看待，認爲都是從上帝心裏（何等珍貴）迸散出來的火花（何等短暫），而火花的殞滅是爲了讓更多無數的兄弟姊妹們更窈窕更夭矯的出發；第二節將死生視爲我消彼長的跨物界循環。這其中有眾生平等、死生循環的隱喻。且此詩以「上帝」始，以「十字」終，不用佛家典故卻傳達佛禪思想，以泯除宗教界線暗示物種之無有藩籬，自有一種現代禪詩所特有的禪境，遠非傳統禪詩在儒釋

道三家中尋思所可比擬。

六　結語：詩與禪的未竟之旅

當代華文地區仍有許多禪修者，繼續走著禪修這條路，但他們不一定以新詩的方式表達禪悟之所得；臺灣新詩創作者奉行各種不同主義流派，發展個人特殊機緣，除周夢蝶之外已少有人以禪修、苦行，作爲人生由迷入悟的唯一途徑，周夢蝶的禪思禪悟，或將成爲詩壇拔尖之絕響。

但華文地區之外，禪修的繼承者仍在印度禪、中華禪、日本禪的相近路途上，尋找回家的路，如蘭坦納特·斯瓦米（His Holiness Radhanath Swami，一九五〇—）引述克里須那穆提（J. Krishnamurti）的話，可以看出對於禪的體會，其實並無文化、種族、階級、宗派或年齡之差異，克里須那穆提說：「眞理是沒有路徑的土地」，所以當他在批判講求呼吸法和體位法的瑜珈是身心的有氧運動而已，指責靈修所和寺院是心靈的集中營，是因爲當一個人只信奉一套冥想體制，那就再也不是禪理的冥想。他相信：人的開悟不是透過任何組織、信條、教義、牧師、儀式，而是經由觀察、經由瞭解自己念頭的內容而獲得。（註七八）這樣的說辭是《六祖壇經》回歸自性的宗門大義，可見禪修的途經並不因爲語言之隔閡而形成障礙，當然也不會因爲時空而產生隙縫，若是，繼續發展中的臺灣新詩當然可以站在周夢蝶已有的成就上，因物而尋思禪理，因誤而意外獲取禪喜，進而因悟而有了更大更開闊的精進之境，或者因非物、非誤、非悟而有非預期之突破。

參考文獻

一　周夢蝶詩文集（依出版時間順序排列）

周夢蝶　《孤獨國》　臺北市　藍星詩社（藍星詩叢）　一九五九年
周夢蝶　《還魂草》　臺北市　文星書店　一九六五年
周夢蝶　《還魂草》　臺北市　領導出版社　一九七七年
周夢蝶　《十三朵白菊花》　臺北市　洪範書店　二〇〇二年
周夢蝶　《約會》　臺北市　九歌出版社　二〇〇二年
周夢蝶　《不負如來不負卿》　臺北市　九歌出版社　二〇〇五年
周夢蝶　《周夢蝶詩文集卷一：孤獨國／還魂草／風耳樓逸稿》　新北市　印刻文學生活雜誌出版公司　二〇〇九年
周夢蝶　《有一種鳥或人》（周夢蝶詩文集）　新北市　印刻文學生活雜誌出版公司　二〇〇九年
周夢蝶　《周夢蝶詩文集卷三：風耳樓墜簡》　新北市　印刻文學生活雜誌出版公司　二〇〇

九年

二　徵引書目（依作者姓氏筆畫順序排列）

王志健　《現代中國詩史》　臺北市　臺灣商務印書館　一九七五年

古遠清　《詩歌分類學》　高雄市　復文圖書公司　一九九一年

印順法師　《中國禪宗史——從印度禪到中華禪》　臺北市　正聞出版社　一九七一年

林于弘　《臺灣新詩分類學》　臺北市　鷹漢文化企業公司　二〇〇四年

法緣法師　《禪思與緬懷》　北京市　宗教文化出版社　二〇一〇年

南海釋宗寶編、丁福保（一八七四－一九五二）箋註　《六祖壇經箋註》　臺北市　天華出版事業公司　一九九二年

南懷瑾講述、鄧琨艷版　《心經修證圓通法門般若正觀略講》　二〇一二年端午

姜　夔　《白石道人詩說》　《詩話叢刊》上冊

洛　夫　《洛夫禪詩》　臺北縣　天使學園網路公司　二〇〇三年

洛　夫　《禪魔共舞》　臺北市　釀出版、秀威資訊科技公司　二〇一一年

胡　適　《胡適學術文集・中國佛學史》　北京市　中華書局　一九九七年

袁可嘉編　《現代主義文學研究》　北京市　中國社會科學出版社　一九八八年

馬奔騰《禪境與詩境》　北京市　中華書局　二〇一〇年
張秉眞編《未來主義・超現實主義》　北京市　中國人民大學出版社　一九九四年
張培鋒《宋詩與禪》　北京市　中華書局　二〇〇九年
郭建勳注譯《新譯易經讀本》　臺北市　三民書局公司　二〇〇二年
陳仲義《扇形的展開——中國現代詩學譾論》　杭州市　浙江文藝出版社　二〇〇〇年
陳仲義《現代詩技藝透析》　臺北市　文史哲出版社　二〇〇三年
普濟著《五燈會元》　臺北市　文津出版社　一九九一年
曾艷兵主編《西方現代主義文學概論》　北京市　北京大學出版社　二〇〇六年
楊惠南《禪史與禪思》　臺北市　東大圖書公司　一九九五年
瘂　弦《中國新詩研究》　臺北市　洪範書店　一九八一年
葛兆光《禪宗與中國文化》　臺北市　臺灣東華書局　一九八九年
廖兆亨《中邊・詩禪・夢戲——明末清初佛教文化論述的呈現與開展》　臺北市　允晨文化實業公司　二〇〇八年
歐陽修《六一詩話》　何文煥編訂　《歷代詩話》　臺北市　藝文印書館　一九七一年
黎活仁、蕭蕭、羅文玲編《雪中取火且鑄火爲雪：周夢蝶新詩論評集》　臺北市　萬卷樓圖書公司　二〇一〇年

霍韜晦　《絕對與圓融——佛教思想論集》　臺北市　東大圖書公司　一九九四年
禪僧賾藏主編集　《古尊宿語錄》　北京市　中華書局　二〇一一年
嚴　羽　《滄浪詩話》　收入弘道公司編輯部　《詩話叢刊》　上冊　臺北市　弘道文化事業公司　一九七一年
蘇　軾　《蘇東坡全集》　臺北市　世界書局　二〇〇五年
釋惠洪　《冷齋夜話》　《詩話叢刊》　下冊　臺北市　弘道文化事業公司　一九七一年
釋道原編著　《景德傳燈錄》　臺北市　新文豐出版公司　一九九三年

三　中譯書目

蘭坦納特・斯瓦米（His Holiness Radhanath Swami）著、江信慧譯　《歸徒》（*The Journey Home*　Autobiography of An American Swami）　臺北市　商周出版　二〇一二年

四　徵引篇目（依作者姓氏筆畫順序排列）

〔唐〕劉禹錫　〈論僧詩〉　〔清〕王世禎　〈懸解門・清言類〉　《帶經堂詩話》卷三　頁八
〔清〕王世禎　〈懸解門・微喻類〉　《帶經堂詩話》　卷三　臺北市　清流出版社（埽葉山

房石印本） 一九七六年 頁六
王保雲 〈圓融智慧的行者：試談周夢蝶其人其詩〉 《文訊月刊》 十九期 一九八五年 頁一四－二三
吳 當 〈感情與禪悟的海——讀《周夢蝶世紀詩選》〉 《明道文藝》 三〇六期 二〇〇一年 頁九九－一〇五
宋雅姿 〈滾滾紅塵的苦行僧：專訪詩人周夢蝶〉 《文訊月刊》 二二一期 二〇〇四年 頁一一六－一二一
沈 奇 〈詩魔之禪——讀《洛夫禪詩》〉 收入洛夫 《洛夫禪詩》 臺北縣 天使學園網路公司 二〇〇三年 頁三八
林峻楓 〈禮佛習禪．不孤的覺者，側寫詩人周夢蝶〉 《台灣詩學季刊》 二七期 一九九九年 頁五九－六一
林淑媛 〈空花水月 論周夢蝶詩中的禪意〉 《台灣詩學季刊》 二八期 一九九九年 頁三八－四二
洛 夫 〈試論周夢蝶的詩境〉 《洛夫詩論選集》 臺北市 開源出版事業公司 一九七七年 頁二一八
洪淑苓 〈禪意與深情：《十三朵白菊花》評介〉 《文訊雜誌》 二〇六期 二〇〇二年

頁二二一－二二三
翁文嫻　〈看那手持五朵蓮花的童子——讀周夢蝶詩集「還魂草」〉　《中外文學月刊》　三卷一期　一九七四年　頁二二〇－二二四
郭　楓　〈禪裡禪外失魂還魂的周夢蝶　解析《還魂草》並談說周夢蝶詩技〉　《鹽份地帶文學》　四期　二〇〇六年　頁一六六－一八一
馮瑞龍　〈周夢蝶作品中的「禪意」〉　《藍星詩刊》　一一期　一九八七年　頁八－十
曾進豐　〈孤絕冷凝歸於淡雅眞醇——淺論周夢蝶詩風及其轉折〉　黎活仁、蕭蕭、羅文玲編《雪中取火且鑄火爲雪：周夢蝶新詩論評集》　臺北市　萬卷樓圖書公司　二〇一〇年　頁一一一－一一二
黃如瑩　〈臺灣現代詩與佛：以周夢蝶、夐虹、蕭蕭爲線索之考察〉　臺南市　國立臺南大學碩士論文　二〇〇六年
葉嘉瑩　《還魂草》序　《還魂草》　臺北市　領導出版社　一九七七年　頁五－六
葉　櫓　〈詩禪互動的審美效應——論洛夫的禪詩〉　《禪魔共舞——洛夫禪詩・超現實詩精品選》　頁三二七
劉梓潔　〈孤獨國裡的苦行僧〉　《聯合文學》　二五六期　二〇〇六年　頁六二－六六
憨山德清　〈雜說〉　《憨山老人夢遊集》　第三九卷　臺北市　新文豐出版公司　一九八三

年　頁七七六

蕭　蕭　〈後現代視境下的「蝶道」與「詩路」——以周夢蝶「蝶詩」的空間轉換作爲探索客體〉　《後現代新詩美學》　臺北市　爾雅出版社　二〇一二年　頁二四〇-二四二

蕭　蕭　〈道家美學　周夢蝶《有一種鳥或人》透露的訊息〉　臺灣大學臺灣文學所　「觀照與低迴：周夢蝶手稿、創作、宗教與藝術國際學術研討會」會議論文集　臺灣大學臺灣文學所　二〇一三年　頁一二四

賴賢宗　〈修辭與修辭的超越：以廢名一九三〇年代詩作爲例〉　《成大中文學報》　第十九期　二〇〇七年十二月　頁二一一-二四八

注釋

註　一　印順法師：《中國禪宗史——從印度禪到中華禪》（臺北市：正聞出版社，一九七一年）。

註　二　胡適：《胡適學術文集·中國佛學史》（北京市：中華書局，一九九七年），頁一一七-一二九。

註　三　〔元〕南海釋宗寶編、丁福保（一八七四-一九五二）箋註：《六祖壇經箋註》（臺北市：天華出版事業公司，一九九二年），頁十三。

註　四　楊惠南：《禪史與禪思》（臺北市：東大圖書公司，一九九五年），頁一一九-一六〇。

註　五　〔明〕憨山德清：〈雜說〉，《憨山老人夢遊集》第三九卷（臺北市：新文豐出版公司，一九八三年），頁七七六。

註　六　〔清〕王世禎：〈懸解門．微喻類〉，《帶經堂詩話》卷三（臺北市：清流出版社（埽葉山房石印本），一九七六年），頁六。

註　七　〔宋〕嚴羽：《滄浪詩話》，收入弘道公司編輯部：《詩話叢刊》上冊（臺北市：弘道文化事業公司，一九七一年），頁六〇九－六一〇。

註　八　〔宋〕嚴羽：《滄浪詩話》，《詩話叢刊》上冊，頁六一三－六一四。

註　九　馬奔騰：《禪境與詩境》（北京市：中華書局，二〇一〇年），頁四十。

註　十　歐陽修《六一詩話》所引述。〔宋〕歐陽修：《六一詩話》，後何文煥編訂：《歷代詩話》，（臺北市：藝文印書館，一九七一年），頁一五八。

註十一　〔宋〕釋惠洪：《冷齋夜話》，《詩話叢刊》下冊，頁一六一八－一六一九。

註十二　〔宋〕姜夔：《白石道人詩說》，《詩話叢刊》上冊，頁五二三。

註十三　葛兆光：《禪宗與中國文化》（臺北市：臺灣東華書局，一九八九年），頁一六五－一六六。

註十四　葛兆光：《禪宗與中國文化》，頁一四四－一四九。

註十五　馬奔騰：《禪境與詩境》，頁三八－四九。

註十六　霍韜晦：《絕對與圓融——佛教思想論集》（臺北市：東大圖書公司，一九九四年），頁四一八。

註十七　〔金〕元好問：〈詩序〉，楊飛卿（楊鵬）：《陶然集》，轉引自張培鋒：《宋詩與禪》

（北京市：中華書局，二〇〇九年），頁一九一－二〇〇。

註十八　廖兆亨（一九六六－）：《中邊．詩禪．夢戲——明末清初佛教文化論述的呈現與開展》（臺北市：允晨文化實業公司，二〇〇八年），頁六－七。

註十九　陳仲義：《扇形的展開——中國現代詩學譾論》（杭州市：浙江文藝出版社，二〇〇〇年），頁一〇九－一一三。

註二十　古遠清：《詩歌分類學》（高雄市：復文圖書公司，一九九一年）。此書分類駁雜，從有無較完整的故事情節和人物形象劃分爲抒情詩、敘事詩，從表現形式上劃分爲舊詩、新詩，從題材選取上劃分爲鄉土詩、城市詩、軍旅詩、工業詩、邊塞詩、科學詩、兒童詩、童話詩、寓言詩、題畫詩，另有雜體之詩：喻體詩、唱和詩、贈答詩、迴文詩、打油詩、集句詩、圖象詩、錄影詩，未見禪詩。孟樊：《當代臺灣新詩理論》（臺北市：揚智文化公司，一九九五年）。此書論及世紀末詩學之多元化創作，提到生態詩、政治詩、臺語詩、客語詩、原住民詩、新文言詩、返鄉詩、錄影詩、視覺詩、聽覺詩、都市詩、科幻詩、圖像詩、漫畫詩，未提禪詩。林于弘：《臺灣新詩分類學》（臺北市：鷹漢文化企業公司，二〇〇四年）。此書論述政治詩、都市詩、生態詩、母語詩、女性詩、小詩、後現代詩、網路詩，未及禪詩。

註二一　瘂弦（王慶麟，一九三二－）以〈禪趣詩人廢名〉爲題，介紹廢名，發表於《創世紀》二三期（一九六六年一月二十日），是爲瘂弦選註「中國新詩史料掇英」之第一篇，文中說「廢名的世界是一個幽玄的世界，廢名所使用的語言是『禪家的語言』。」認爲可以歸入「孤絕的作家」一類（瘂弦：《中國新詩研究》（臺北市：洪範書店，一九八一年），頁六九－七二）。其後，王志健（字天行，筆名舒林、林恒、上官予，一九二八—）評論廢名的詩短而冷峭，看似難懂又深含人生哲學；機鋒活潑有若寒山拾得，語言精要又似賈島孟郊，是以幽玄的筆法，表現禪機與理性世間的詩人〔王志健：《現代中國詩史》第九章「現代派的興起與新詩的蹤跡」（臺北市：臺灣商務印書館，一九七五年）〕。最近，賴賢宗（一九六二—）在〈修辭與修辭的超越：以廢名一九三〇年代詩作爲例〉論文中稱許廢名成就了現代詩早期發展史的四個面向：是現代詩禪詩一派的創始者，是現代詩中的哲理詩的大家，是現代詩中現代派的祖師，也是傳統意境派的古典詩的當代薪傳〔《成大中文學報》第十九期（二〇〇七年十二月），頁二一一—二四八〕。

註二二　洛夫（莫洛夫，一九二八—）爲臺灣著名詩人，本文將有論述。孔孚（孔令恒，一九二五—一九九七），山東曲阜人，山東師範學院畢業，曾任《大眾日報》文藝編輯、山東師範大學副教授，著有《山水清音》、《山水靈音》、《孔孚山水詩選》，詩文集《孔孚集》，詩論集《遠龍之捫》等。

註二三　洛夫：《洛夫禪詩》（臺北縣：天使學園網路公司，二〇〇三年）。洛夫：《禪魔共舞》，（臺北市：釀出版、秀威資訊科技公司，二〇一一年）。

註二四　《孤獨國》、《還魂草》出版於一九五九、一九六五年，版本已少見，本文以印刻版《孤獨國／還魂草／風耳樓逸稿》爲據。周夢蝶：《周夢蝶詩文集卷一：孤獨國／還魂草／風耳樓逸稿》（新北市：印刻文學生活雜誌出版公司，二〇〇九年）。

註二五　翁文嫻：〈看那手持五朵蓮花的童子——讀周夢蝶詩集「還魂草」〉，《中外文學月刊》三卷一期（一九七四年），頁二一〇－二二四。王保雲：〈圓融智慧的行者：試談周夢蝶其人其詩〉，《文訊月刊》十九期（一九八五年），頁十四－二三。馮瑞龍：〈周夢蝶作品中的「禪意」〉，《藍星詩刊》十一期（一九八七年），頁八－十。林峻楓：〈禮佛習禪・不孤的覺者：側寫詩人周夢蝶〉，《台灣詩學季刊》二七期（一九九九年），頁五九－六一。林淑媛：〈空花水月：論周夢蝶詩中的禪意〉，《台灣詩學季刊》二八期（一九九九年），頁三八－四二。吳當：〈感情與禪悟的海——讀《周夢蝶世紀詩選》〉，《明道文藝》三〇六期（二〇〇一年），頁九九－一〇五。洪淑苓：〈禪意與深情：《十三朵白菊花》評介〉，《文訊雜誌》二〇六期（二〇〇二年），頁二二－二三。宋雅姿：〈滾滾紅塵的苦行僧：專訪詩人周夢蝶〉，《文訊月刊》二二一期（二〇〇四年），頁一一六－一二一。郭楓：〈禪裡禪外失魂還魂的周夢蝶——解析《還魂草》並談說周夢蝶詩技〉，《鹽份地帶文學》四期（二〇〇六年），頁一六六－一八一。黃如瑩：〈臺灣現代詩與佛：以周夢蝶、敻虹、蕭蕭爲線索之考察〉，（臺南市：國立臺南大學碩士論文，二〇〇六年）。劉梓潔：〈孤獨國裡的苦行僧〉，《聯合文學》二五六期（二〇〇六年），頁六二－六六。

註二六　「周夢蝶九十壽慶國際學術研討會」有屈大成：〈周夢蝶詩與佛教〉之論。「觀照與低迴：周夢蝶手稿、創作、宗教與藝術國際學術研討會」有楊惠南：〈徘徊於此岸與彼岸的詩人——周夢蝶月份詩略探〉，曾進豐：〈直視擁抱與從容超越——論周夢蝶的死亡觀照〉，楊雅惠：〈詩僧美學的現代轉折：周夢蝶的詩書藝術〉等三篇論文。

註二七　陳仲義：《現代詩技藝透析》（臺北市：文史哲出版社，二〇〇三年），頁一二五。

註二八　陳仲義：《現代詩技藝透析》，頁一二六—一三二。

註二九　丁福保箋註：《六祖壇經箋註‧付囑品》（臺北市：天華出版公司，一九九二年），頁九五—九七。

註三十　丁福保箋註：《六祖壇經箋註‧付囑品》，頁九六。

註三一　丁福保箋註：《六祖壇經箋註‧付囑品》，頁九七。

註三二　蕭蕭：〈後現代視境下的「蝶道」與「詩路」——以周夢蝶「蝶詩」的空間轉換作為探索客體〉，《後現代新詩美學》（臺北市：爾雅出版社，二〇一二年），頁二四〇—二四二。

註三三　蕭蕭：〈道家美學：周夢蝶《有一種鳥或人》透露的訊息〉，臺灣大學臺灣文學所：「觀照與低迴：周夢蝶手稿、創作、宗教與藝術國際學術研討會」會議論文集（臺北市：臺灣大學臺灣文學所，二〇一三年），頁一二四。

註三四　周夢蝶：〈乘除〉，《周夢蝶詩文集卷一：孤獨國／還魂草／風耳樓逸稿》（新北市：印刻文學生活雜誌出版公司，二〇〇九年），頁四六。

註三五　〔宋〕釋道原編著：《景德傳燈錄》卷七（臺北市：新文豐出版公司，一九九三年），頁一二六。

註三六　〔宋〕歐陽修：《六一詩話》，何文煥編訂：《歷代詩話》，頁一五八—一五九。

註三七　葉嘉瑩：《還魂草》序，《還魂草》（臺北市：領導出版社，一九七七年），頁五—六。

註三八　〔南宋〕禪僧賾藏主編集：《古尊宿語錄》卷十四（北京市：中華書局，二〇一一年），頁二三四。

註三九　周夢蝶：〈沙發椅子——戲答拐仙高子飛兄問諸法皆空〉，《周夢蝶詩文集卷二：有一種鳥或人》（新北市：印刻文學生活雜誌出版公司，二〇〇九年），頁四六。

註四十　曾進豐認爲周夢蝶以〈沙發椅子——戲答拐仙高子飛兄問諸法皆空〉詮解「諸法皆空」，一、二節鋪陳「有」，三、四節說「空」，不論娬媚或不娬媚、英雄先知或凡夫俗子，都只是「一個時空」的「一個名字」而已。見曾進豐：〈孤絕冷凝歸於淡雅眞醇——淺論周夢蝶詩風及其轉折〉，黎活仁、蕭蕭、羅文玲編：《雪中取火且鑄火爲雪：周夢蝶新詩論評集》（臺北市：萬卷樓圖書公司，二〇一〇年），頁一一一—一一二。

註四一　周夢蝶：〈行到水窮處〉，《周夢蝶詩文集卷一：孤獨國／還魂草／風耳樓逸稿》，頁一五八—一五九。

註四二　周夢蝶：〈晚安！小瑪麗〉，《周夢蝶詩文集卷一：孤獨國／還魂草／風耳樓逸稿》，頁一七六—一七九。

註四三　周夢蝶：〈約會〉，《約會》（臺北市：九歌出版社，二〇〇二年），頁九三—九五。

註四四　周夢蝶：〈無題〉，《周夢蝶詩文集卷二：有一種鳥或人》，頁五三—五四。

註四五　周夢蝶：〈止酒二十行〉，《周夢蝶詩文集卷二：有一種鳥或人》，頁五十—五二。

註四六　周夢蝶：〈鑰匙〉之三，《周夢蝶詩文集卷一：孤獨國／還魂草／風耳樓逸稿》，頁七九。

註四七　〔宋〕普濟著：《五燈會元》（臺北市：文津出版社，一九九一年），頁四四。

註四八　〔宋〕普濟著：《五燈會元》，頁四七。

註四九　〔宋〕普濟著：《五燈會元》，頁四八—四九。

註五十　〔宋〕普濟著：《五燈會元》，頁五十。

註五一　張秉眞編：《未來主義．超現實主義》（北京市：中國人民大學出版社，一九九四年），頁六三〇。

註五二　袁可嘉編：《現代主義文學研究》（北京市：中國社會科學出版社，一九八八年），頁四八四。

註五三　曾艷兵主編：《西方現代主義文學概論》（北京市：北京大學出版社，二〇〇六年），頁一二五－一三〇。

註五四　法緣法師：《禪思與緬懷》（北京市：宗教文化出版社，二〇一〇年），頁一三四。

註五五　沈奇：〈詩魔之禪——讀《洛夫禪詩》〉，收入洛夫：《洛夫禪詩》（臺北縣：天使學園網路公司，二〇〇三年），頁三八。

註五六　洛夫：〈金龍禪寺〉，《洛夫禪詩》，頁一〇五。

註五七　〈大悲咒〉原名〈千手千眼觀世音菩薩廣大圓滿無礙大悲心陀羅尼經大悲神咒〉，簡稱〈千手千眼無礙大悲心陀羅尼〉，是觀世音普薩《大悲心陀羅尼經》中的主要部分，共有八十四句，由梵音音譯而成，其中多爲佛名之頌稱。

註五八　洛夫：〈大悲咒與我的釋文〉，第一次出現，發表於《創世紀》一一八期（一九九九春季號），後收入《洛夫禪詩》，有〈後記〉，頁二〇九－二一二。

註五九　洛夫：〈大悲咒〉，第二次出現，已刪去大悲咒經文，只留洛夫所寫所謂釋文，以釋文爲詩之文本，有〈後記〉，見於《禪魔共舞——洛夫禪詩．超現實詩精品選》，頁一三五－一三七。

註六十　洛夫：〈大悲咒與我的釋文．後記〉，《洛夫禪詩》，頁二一二。

註六一　葉櫓：〈詩禪互動的審美效應——論洛夫的禪詩〉，《禪魔共舞——洛夫禪詩．超現實詩精品選》，頁三二七。

註六二　洛夫：〈試論周夢蝶的詩境〉，《洛夫詩論選集》（臺北市：開源出版事業公司，一九七七年），頁二一八。

註六三　蘇東坡：〈書焦山綸長老壁〉，《蘇東坡全集》前集．卷六（臺北市：世界書局，二〇〇五年），頁六三。

註六四　〔唐〕劉禹錫：〈論僧詩〉，〔清〕王世禎：〈懸解門．清言類〉，《帶經堂詩話》卷三，頁八。

註六五　〔宋〕蘇軾：〈大悲閣記〉，《蘇軾文集》卷十二（北京市：中華書局，一九九九年），頁三九四。

註六六　〔清〕王世禎：〈懸解門．微喻類〉，《帶經堂詩話》卷三，頁六。

註六七　楊惠南：《禪史與禪思》，頁一一五五。

註六八　丁福保箋註：《六祖壇經箋註．疑問品》，頁四〇－四二。

註六九　丁福保箋註：《六祖壇經箋註．般若品》，頁二三－二五。

註七十　南懷瑾講述、鄧琨艷版：《心經修證圓通法門般若正觀略講》，二〇一二年端午，頁二四－二九。

註七一　周夢蝶：〈香讚〉，《約會》，頁十五。

註七二　周夢蝶：〈即事——水田鷺艷〉，《約會》，頁九一－九二。

註七三　周夢蝶：〈第九種風〉，《十三朵白菊花》（臺北市：洪範書店，二〇〇二年），頁二〇－二四。此詩原發表於一九八四年十一月《聯合文學》創刊號，詩前引《大智度論》作爲小序：「菩薩我法二執已亡，見思諸惑永斷；故能護四念而無失，歷八風而不動。惟以利生念切，報恩意重，恆心心爲第九種風所搖撼耳。八風者，利衰苦樂毀譽稱譏是也；第九種風者，慈悲是也。」

註七四　周夢蝶：〈集句六帖〉之三，《約會》，頁四五－四六。

註七五　周夢蝶：〈癸酉冬續二帖〉之一，《約會》，頁五十。

註七六　郭建勳注譯：《新譯易經讀本》（臺北市：三民書局公司，二〇〇二年），頁四二二－四三〇。

註七七　周夢蝶：〈消息〉二首，《周夢蝶詩文集卷一：孤獨國／還魂草／風耳樓逸稿》，頁七一－七二。

註七八　蘭坦納特・斯瓦米（His Holiness Radhanath Swami）著，江信慧譯：《歸徒》（*The Journey Home*: Autobiography of An American Swami）（臺北市：商周出版，二〇一二年），頁一四三。

國家圖書館出版品預行編目(CIP)資料

我夢周公周公夢蝶 / 蕭蕭著. -- 初版. -- 臺北
市 : 萬卷樓, 2013.11
面 ;　公分. --（明道大學國學論叢）
ISBN 978-957-739-821-5(平裝)

1.周夢蝶 2.詩評 3.文集

851.486　　102019956

我夢周公周公夢蝶

2013 年 11 月 初版 平裝

ISBN 978-957-739-821-5

定價：新台幣 **320** 元

作　者	蕭蕭	出版者	萬卷樓圖書股份有限公司
發 行 人	陳滿銘	編輯部地址	106 臺北市羅斯福路二段 41 號 9 樓之 4
總 編 輯	陳滿銘		
副總編輯	張晏瑞	電話	02-23216565
責任編輯	吳家嘉	傳真	02-23218698
編　輯	游依玲	電郵	editor@wanjuan.com.tw
編輯助理	楊子葳	發行所地址	106 臺北市羅斯福路二段 41 號 6 樓之 3
封面設計	斐類設計		
		電話	02-23216565
		傳真	02-23944113
		印刷者	晟齊實業有限公司

新聞局出版事業登記證局版臺業字第 5655 號

網 路 書 店　www.wanjuan.com.tw
劃 撥 帳 號　15624015